ハヤカワ文庫 SF
〈SF2166〉

宇宙英雄ローダン・シリーズ〈562〉

シンクロニト育成所

エルンスト・ヴルチェク＆トーマス・ツィーグラー
林 啓子訳

早川書房
8132

PERRY RHODAN

BRUTSTÄTTE DER SYNCHRONITEN

DAS ARMADAFLOß

by

Ernst Vlcek

Thomas Ziegler

Translated by
Keiko Hayashi

First published 2018 in Japan by
HAYAKAWA PUBLISHING, INC.
This book is published in Japan by
arrangement with
PABEL-MOEWIG VERLAG KG
through JAPAN UNI AGENCY, INC., TOKYO.

目次

シンクロニト育成所

シンクロニト育成所

エルンスト・ヴルチェク

登場人物

ペリー・ローダン……………………………銀河系船団の最高指揮官
ゲシール……………………………………ローダンの妻
ヴランバル…………………………………スレイカー。アルマダ第3773部隊司令官
ストッサー…………………………………同。アルマダ第3773部隊司令官代理
アルニボン、サルラグ………………………同。ヴランバルの部下
ダム・クラスール…………………………忍び足。細胞学者
ヴァークツォン、ショヴクロドン……………アルマダ工兵

1

キャビンのドアが開き、そこにはアマ・タローンが立っていた。

その姿にダム・クラスールは息をのむ。この優生学者はなんて美しいのだろうと、つねづね思っていたもの。それでもいま、あらたまった席にふさわしく系譜マントにくるまり目の前に立つ姿は、ほとんどこの世を超越した存在に見える。

「さ、なかに入って、アマ」細胞学者は、相手から目をそらさずにいった。

アマは足球六個の上で文字どおり浮遊しながら、キャビンのなかに入ってきた。からだ背面の先端と頭部だけがマントから突きでている。透きとおるような白い肌。完璧な球体のちいさな顔には、グリーンの四つの目が宝石のごとく輝く。光る目の下の呼吸スリット四つはなかば閉じられていた。そのため、ほほえんでいるようにさえ見える。ややグレイがかった皮膚膜に縁どられた大きな口は、力強い声を予感させた。

身をつつむぶあつい系譜マントでさえ、彼女の上品でスリムな外観を損なうことはない。歩く姿の優雅なことといったら。ダム・クラスールは思った。アマとならぶ自分は、さぞ不格好でぎこちなく見えるだろう。それに、自身の系譜マントは、彼女の系譜装身具の横ではあまりにみすぼらしく思える。

「とても居心地のいい部屋ね」アマ・タローンが、こうべをめぐらせることなく、見まわして賞讃した。その四つの大きな目は、ほぼ三百六十度の視野を持つ。一方、ダム・クラスールの目はちいさく、かなりはなれないと周囲を見わたすことは不可能だ。

彼女は向かい側の壁まで近づいていく。その壁にダム・クラスールは、祖先にまつわる情報とその基本精神をしめす旗やパネルや壁かけを飾っていない。わが祖すべての壁を飾りたてるだけのその手の形見の品が充分にあればいいのだが。わが祖先の系譜をはっきりとさかのぼれるのは、ほんの数世代だけ。その先は闇につつまれる。本格的な系譜調査など、いまだかつて重要だと思ったためしがなかった。ところが、アマ・タローンがどうやら自分に関心があると気づいてからというもの、これまで調査をないがしろにしてきたことを恥じた。

アマが、系譜をはるか先までさかのぼれるほかのパートナーをもとめて、はなれていってしまうのではないかと、不安に駆られる。とりわけ、彼女がサル・サラッサンから影響を受け、この系譜学者をほとんど崇拝しているのを知っていたから。

彼女は殺風景《さつぷうけい》な壁の前で腰をおろすと、両手で系譜マントをひろげた。ダム・クラスールは、マントを飾る一連の名に心を奪われた。

女は男を後方の一対の目で見つめる。呼吸スリットの笑みをさらに深め、

「わたしのマントを受けとって、この殺風景な壁にかけるのよ。あなたのマントもその隣りにね」と、かすれ声でいった。「ここに引っ越してきたいわ」

ダム・クラスールは、この幸運をほとんど信じられずにいた。夢心地で足早にアマに近づくと、マントを受けとり、飾りけのない壁にかける。そして、自身の系譜マントを脱ぎ、その隣りに固定した。アマの背後に近づき、後方の脚一対で立ちあがる。彼女に向かって身を乗りだしても充分に姿勢をたもてるよう、のこりの脚四本を大腿部で支えながら。ほとんどふたりの額がくっつきそうになり、四つの目すべてを同時に見つめあうことができるくらい、顔を近づける。

男はおだやかな波につつまれ、毛におおわれた女の腕をつかむ。その腕はまるでアルマダ工兵の衣服のように黒い。八本指の手と手が重なり、いとしみあう。

女は指先を絡めたまま、男の四つの目から視線をはずした。顔をそらし、額ごしにふたつの系譜マントを見つめている。

「見て、ダム」と、注意をうながした。「ふたりの系譜がひとつのマントに統合されたら、すばらしいと思わない？　系譜をよく見てみて。さかのぼれるかぎり、けっして交

わらない。傍系にさえあたらないわ。わたしたち、理想的なカップルね。ふたりの遺伝子は、これ以上思いつかないくらい最高の組みあわせだもの」

ダム・クラスールは、アマとの関係の進展を期待していたものの、彼女が結婚に興味があるとは夢にも思わなかった。

「実際」ダムは興奮のあまり、明るい声で同意をしめす。「いくつかの遺伝子計算をしてみたところ、われわれの遺伝子の相性のよさがわかったよ」

「あなたの子供がほしいの、ダム」アマ・タローンが率直にいう。「息子でなければだめ。わたしの身体的長所とあなたの精神的素養を受け継ぐのよ。美しく賢い子にちがいないわ。なにひとつ偶然にまかせてはだめ。最初の細胞分裂の瞬間から、子供の将来を決めるのよ。それでいい、ダム？」

「これ以上、なにを望むものか」細胞学者が認めた。「わたしは、体外人工授精にも遺伝子操作に対してもなにも異論はない……いかに進歩的な考えの持ち主かは知ってのとおりだ。アルマダ工兵に仕えているからといって、私生活にはなんの影響もない……」

「それは、わたしたち全員にいえるわ」と、アマ・タローン。「そうしなければ生きられない。職務と私生活を徹底的に切りはなさなければ。それでも、この職務経験はきっと種族の幸福に役だつわ。それは、わかりきってる。わからないのはただ、あなたがなんて答えるつもりなのかってこと」

「きみとの息子がほしいとも」ダム・クラスールはきっぱりと告げた。「それも、完璧な遺伝子操作をした子供だ。われわれのもっともすぐれた性質をあわせもつ息子がほしい。とはいえ、それには入念な準備が必要だし、慎重に考えなければ」

「ばかなことを、ダム」女が口をはさむ。「正確な遺伝子分析をするには、それぞれが体細胞ひとつを提供するだけですむわ。レーザー走査、超遠心分離機を使った細胞組織内物質の分留、放射性原子やその他の刺激インパルス挿入……これらすべてはただのルーチンにすぎない。分析には一日しかかからないわ。そして、ふたりの息子のための遺伝子プログラミングに二日要するとしたら、遅くとも三日後にはすべてが明らかになる。成長加速装置を利用すれば、子供は三週間で培養装置を出ることだってできる」

「わたしには、べつの懸念があるんだ」と、ダム・クラスール。「アルマダ中枢は沈黙を守っている。未来は不透明だ。種族になにが起きるかわからない。われわれは奴隷なのだ。アルマダ工兵が勢力を増せば増すほど、われわれの奴隷としての身分はより明白となる。息子が奴隷として生まれるのは忍びない」

「わかったわ。じゃ、成長加速はやめましょう」と、アマ・タローン。「子供を成長抑制装置内で育ててもいい。望むかぎり、このプロセスは何年でも延長することだってできる。いつか、自由種族となるその日まで。それでも、わたしたちの息子のような天才をこの世に誕生させるチャンスを逃してはならないわ。それに、信じて、ダム。わたしたちがふたたび自由種族となり、独自のアルマダ部隊を持てるようになるまで、そう長くはかからないわ」

「なぜそういえる？」

「サル・サラッサンから聞いたのよ。かれにはそうとわかるの」

「サル・サラッサン！」ダム・クラスールは、さげすむようにいった。「あの系譜学者はあまりに神秘主義的すぎて、わたしはその予言を信じられないのだ。だれから、その情報を得たのだろうか。また死者と話したとでもいうのか？」

「サル・サラッサンが、あなたから侮辱されるいわれはないわ」アマ・タローンが怒りをあらわに呼吸スリットをひろげていう。「かれは系譜研究において多大なる功績をのこした。わたしたちにまもなく始祖ができるとすれば、それもまたかれの手柄よ」

ダム・クラスールは彼女の最後の言葉に驚いて身をすくませた。自身のアルマダ炎が突然に消えたとしても、これ以上驚くことはなかっただろう。

「そんなに大声を出さないでくれ！」と、相手に注意をうながす。「ヴァークツォンが聞き耳をたてているかもしれない。わたしもサル・サラッサンの研究は評価している。それでも、かれの未来予言など聞きたくないし、すくなくともこの件については議論したくない。きみを愛しているんだ」

「じゃ、息子についてはどう？」

「しばらく考える時間をくれないか」と、ダム・クラスール。「職務にもどらなくては。ヴァークツォンはすでにいらだっている。あらたなシンクロニトが希望どおりに成長していないから。終業後、この問題について充分に話し合おう」

「いいわ。そうしましょう」アマ・タローンが同意をしめす。「わたしも作業に早くとりかかるわ。あなたと同時に終われるように。でも、見えすいた口実でわたしを思いとどまらせようなんて考えないことね。だって、わたしもあなたを愛しているのよ」

こんどは、アマがダムに向かって身を乗りだし、顔を近づけた。アルマダ炎が彼女の頭のすぐ上で揺らめくのが見える。ふたりの額が触れあった。たがいに目の奥をのぞきこむ。女は男の手に指を絡めた。別れの合図だろう。ダム・クラスールは突然、彼女をたまらなくいとおしく感じた。ほかのすべてが遠のいていく。

ヴァークツォンに対する義務を忘れた。あらたなシンクロニトがすぐにでも重要な発達段階に達しなければ、あの男は強硬手段に出るだろうが、その脅威すら忘れる。

この瞬間、ダム・クラスールは生まれてはじめて、真の幸福感につつまれていた。

2

アルマダ第三七七三部隊、スレイカー種族のストッサーは、その格好で唯一、挑戦的態度をしめしていた。完全武装だ。反応速度と戦闘力を十倍に高める外側の義腕と義足には、ビーム兵器が六セット搭載されている。くわえて、防御バリアや探知機といった防御装備用の内蔵センサーがついた卵形の戦闘ヘルメット。

このようないでたちで、ストッサーはそこに立っていた。脚をひろげ、上方の両手は腰に当て、下方の両手内側のおや指をベルトに引っかけている。指はいずれも八本だ。

身長一メートル半。司令官ヴランバルよりわずかに背が高く、細身だが、信じがたいほど頑強な肉体を持つ。生まれながらの戦士で、ほかに見つからないほどいい司令官代理といえよう。その戦闘日誌は司令官であるヴランバルのものと同じくらいぶあついが、豊富な出撃経験にもかかわらず、からだの人工部品が占める割合は二十五パーセントにすぎない。

ヴランバル自身は、からだの三十パーセントが人工部品だ。

「なにか報告があるのか、ストッサー？」司令官はたずねた。

「戦士修理屋は裏切り者です」と、ストッサー。

「ランカル医師が裏切り者だと？」ヴランバルが疑うようにいう。「それは、たいした告発だな。きみがその証明もできるならいいのだが」

「もちろんです」と、ストッサー。「かれはアルマダ工兵にあなたのことを売ったのです。ついこのあいだ艦に派遣されてきた、複数のアルマダ作業工によってわかりました。ランカル医師は作業工を調べ、異常なしとみなしたのですが、いやな予感がしたわたしは、独自の調査をしました。そして、これがアルマダ工兵によって操作されたロボットだとわかったのです。このロボットはアルマダ工兵にしかしたがいません」

「それで、こうした侵入作戦にこちらが気づいたと、アルマダ工兵は知っているわけか？」ヴランバルがたずねた。

「いえ」ストッサーはむらさき色の唇をゆがませ、にやりとした。「ただの事故に見せかけ、作業工を解体しました。その内部構造を分析したところ、いま述べたような事実が発覚したのです。すでに記録インパルスを映像シグナルに変換してあります。ホログラムを見ますか？　品質には改善の余地がありますが、きわめて興味深いものです」

　ヴランバルは、副官に向かって左腕一対で合図を送り、映像資料を見たいと伝えた。ストッサーは、てのひらほどの大きさのリールをプロジェクターに挿入し、スイッチを入れる。

はじめのうちは、色とりどりのぼやけた断片が見えるだけだった。徐々にかたちがあらわれ、どうにか認識できる映像が形成される。

スクリーンには、どこかのラボがうつしだされていた。そこにときおり、小型のアルマダ作業工があらわれる。どうやら下働き専門のようだ。一方、ミミズのような生物は、命令する立場にあるらしい。黒い毛におおわれた脚六本と、同じく毛におおわれた腕一対を持ち、その手はスレイカー同様、八本指だ。

「これが〝忍び足〟……アルマダ工兵の遺伝子エンジニアです」ストッサーが説明をくわえた。

忍び足の一名は、完全に閉じられた大きなシリンダー容器をなにやらいじりまわしている。いくつかの装置の数値を読みとったあと、視覚器官でこの光景を観察し記録していたアルマダ作業工に、容器の蓋を開けさせた。すると、作業工は容器からストレッチャーを外に出した。そこには裸の姿が横たわっている。

一スレイカーだ……だが、アルマダ炎がない。

「あれはわたしだ！」ヴランバルが大声を出した。ホログラムは消えたが、アルマダ司令官はつづけていった。「どうしてこんなことが起こりうるのか？　偶然の空似《そらに》か、あるいは、あれは実際にわたしのドッペルゲンガーなのか？」

「あれは司令官のシンクロニトです」ストッサーが応じた。「シンクロニトを使って、アルマダ工兵はあなたに影響をおよぼし、操ることができるのです」

ヴランバルは考えこんだ。

「かれらは、すでに実行にうつしたのか？」

ストッサーは、ヘルメットをかぶったこうべを振り、

「シンクロニトは、まだ発達途中です。ですが、完全に成長したなら、アルマダ工兵はあなたを手中におさめるでしょう、ヴランバル」

「そうはさせるものか！」アルマダ司令官が怒りをあらわに叫ぶ。「アルマダ工兵はどうやって……わたしのシンクロニトをつくりだしたのか？」

「戦士修理屋が手助けしたのです」と、ストッサー。「わたしはこの件を調査し、状況を再構築してみました。アルマダ工兵は、あなたの細胞組織ひとつあれば、シンクロニトをつくることができます。かれらはその細胞をランカル医師から入手したのです」

「いつ？　どうやって？」

「あなたの最後の出撃を思いだしてください……」

それはトリイクル9を通りぬけた直後のことだった。無限アルマダは異銀河にふたたび出現したが、手の施しようのない混乱がひろまっていた。アルマダ中枢は沈黙し、あ

らたな指示もない。アルマダ部隊は各自で行動するしかなかった。ヴァンバルひきいるアルマダ部隊のシリンダー艦千五百隻のうち、数隻がはぐれていた。それらの艦から救難信号がとどく。それは一赤色巨星と七惑星からなる星系より発信されていた。

ヴァンバルは小艦隊を編成し、みずから指揮をとった。その星系には一宇宙航行種族が居住しており、アルマダ第三七七三部隊からはぐれた艦を攻撃してきた。宇宙戦争が勃発。スレイカーは敵船を殲滅《せんめつ》したが、ヴァンバルの旗艦は命中弾を受けた。そのさいアルマダ司令官は重傷を負い、緊急手術を受けざるをえなかったのだ。

ふたたび意識をとりもどしたとき、ヴァンバルはランカル医師に告げられた。

「申しわけありません、古強者《ふるつわもの》。あなたの心臓はもう機能せず、人工心臓と交換せざるをえませんでした。これで、司令官は三十パーセントのマークに達してしまいました」

これは、ヴァンバルのからだが三十パーセントの人工部品からなるという意味だ。だが、アルマダ司令官はこれを気楽に受けとめた。人工ポンプは自身の心臓よりも働きがいいとわかったから。

この事件から、まだそれほど時間は経過していない……

「ランカル医師はあなたの心臓を冷蔵ボックスにしまい、アルマダ工兵に高く売りつけたのです」ストッサーが説明する。「以前から、かれらと接触があったのでしょう。つまり、アルマダ工兵はランカルをも手中におさめているわけです。医師は心臓をアルマダ作業工に託し、ロボットがシンクロドローム〝ムルクチャヴォル〟に運んだのでしょう。忍び足は、そこですぐにあなたのシンクロニトをつくりはじめた。同時に、アルマダ工兵はこちらの旗艦にアルマダ作業工を十体、一種の占領軍として送りこんだのです。スレイカーの倍はある巨大なロボットでした。さいわい、手遅れにならないうちに無力化しましたが」

ヴランバルは衝撃を受けた。怒りが湧きおこる。いっそのこと、全アルマダ部隊をムルクチャヴォルに向かわせ、シンクロドロームを破壊したい。怒りをしずめるために、抑制剤をのまなければならないほどだった。

「恐ろしい話だ」ようやく口を開く。

「どうするつもりですか？」

ヴランバルは考えこんだ。

「重要なのは、わたしだけの問題ではないことだ。同胞種族とわが部隊だけの問題でもない。無限アルマダ全体の運命が危険にさらされている。つまり、アルマダ工兵が陰謀をめぐらせているという執拗《しつよう》な噂は、本当だということ。アルマダ中枢が沈黙しているいま、アルマダ工兵はおのれの時代が到来したとみなしたのだろう。アルマダ工兵がわたしを操ることができると想像してみろ、ストッサー。わたしを通じて、このアルマダ部隊に命じることも可能だ。それにより、最強戦力のひとつを意のままにできる。こうして、権力を握ろうというわけか」

「まだ、そこまで考えなくていいのでは」と、ストッサー。「まずはご自分のことを考えてください。どうやって自身を守るつもりです？」

「戦士修理屋は、しかるべき罰を受けたのか？」

「われわれがいかさまを見ぬいたとは、思いもよらないでしょう」

「それはよかった。きっと、かれのシンクロニトも存在するのだろう」

「そうでなければ、スレイカーが同胞種族を裏切るとは考えられません」

「ひきつづきランカル医師には、すべてがアルマダ工兵の計画どおりに進んでいると思わせておかなければ」

「それはまかせてください、ヴランバル。しかし、あなたはなにをするつもりで？　シンクロニトによる影響を防ぐために、なにか手を打たなくては」

「みずからの手で自身のシンクロニトを破壊する。ランカル医師のシンクロニトも。わたしが出会うすべてのシンクロニトもだ」

「アルマダ工兵との決戦にアルマダ部隊を送りこむつもりですか？」ストッサーがやや不安そうにたずねた。「それは、スレイカー種族の最期を意味するかもしれません」

「いや、違う。わたしはそのような向こう見ずではない」ヴランバルが応じた。抑制剤が効いてきたようだ。「戦士数名を連れて、ムルクチャヴォルに侵入するつもりだ。計画がある。ま、実現するかやってみよう。機能を停止させたアルマダ工兵のアルマダ作業工十体はどこにいる？」

「一武器庫内の極秘の場所に」と、ストッサー。

「そこまで案内してくれ」と、ヴランバル。「作業工を見てみたいのだ。それに、わが部隊で最高の武器マスターと話がしたい」

*

クロヴァルは老練兵だ。このアルマダ部隊一のぶあつい戦闘日誌を誇る。七十パーセントのサイボーグで、スレイカーというよりはすでにマシンといったところか。それゆえにこそ、最高の武器エンジニアにまでのぼりつめたのだ。〝マスター〟という称号にふさわしい者がいるとすれば、まさしくこの男しかいない。からだの人工部品が五十パーセントを上まわったのを機に出撃を禁じられ、いまは武器マスターとしての職務に専念している。

クロヴァルは事情も告げられずに《デーデヴォ》から、ヴランバルの乗る旗艦《アーンホル》に連れてこられ、極秘裡《り》に武器庫に通された。目の前には機能を停止させたアルマダ作業工十体が横たわる。

作業工を調べるのに充分な時間が経過すると、ストッサーがあらわれ、これらのロボットのプログラミングがアルマダ工兵により書きかえられたことを告げた。

「わたしにはひと目でわかった」と、クロヴァル。義眼は無表情なままだ。プラスティック製の顔にも感情の動きは見られない。「これらのロボットをどうしろというのだ？無限アルマダに忠実なようにプログラミングしなおさせるために、わたしを呼びつけたわけではあるまい？」

「あなたになにを期待しているのか、アルマダ司令官がみずから告げるだろう」

ヴァランバルは、長くは待たせなかった。武器マスターを一瞥《いちべつ》すると、挨拶の言葉をかける。

「きみの戦歴はよく知っている。いつどこで手足を失ったのか、いつその天才的頭脳が人工頭蓋にうつされたのかも。すまないが、すぐに本題にうつらせてもらおう」

「いずれにせよ、英雄叙事詩は好みません」クロヴァルがぶしつけにいう。アルマダ部隊司令官にさえ、このような口のきき方をする男なのだ。「興味があるのはただ、わたしになにを期待されているかだけ」

ヴァランバルは、左腕二本でアルマダ作業工十体をさししめし、

「これらの〝脱走兵〟の体内にそれぞれスレイカー一名がもぐりこめるよう、改造できるか？」と、たずねた。

「あなたより大きくないスレイカーならば」クロヴァルは長く考えることなく、応じる。

「わたしもそのうちの一体にもぐりこめるようにしてもらいたい」と、ヴランバル。

「わたしはそのアルマダ作業工を操作し、完全に制御できるようにならなければ」

「それは可能です」

「くわえて、アルマダ作業工はこれまでどおりの全機能を保持しなければならない」

「たいしてむずかしくはありません」

「きみにとっては、たやすいことだとわかっていた」ヴランバルは賞讃するようにいう。

「とはいえ、もっとも重要なのはここからだ。アルマダ工兵によりプログラミングしなおされたこれらの作業工は、そのままなんの異変もないように見えなければならない」

「それも可能です……プログラミングが消去されていなければ」と、クロヴァル。

ヴランバルに見つめられたストッサーは、答えた。

「われわれ、ロボットを停止させただけで、プログラミングはいじっていません」

「それはよかった」クロヴァルがおちつきはらっていう。

「なにがわたしにとって重要かわかるか？」ヴランバルがたずねた。「これらのアルマダ作業工は、アルマダ工兵が張りめぐらせたすべての警備網を通過できなければならない。識別インパルス、コード、暗号を一致させるのだ。アルマダ工兵のたいしてひろくない勢力範囲内を自由に動きまわれるように」

「なにがあなたにとって重要なのかは、わたしには自明のこと」と、クロヴァル。「とはいえ、その要求は実現不可能といえます。アルマダ作業工は無限アルマダの汎用技術による非常に複雑なロボットです。この技術をそれほど容易にあつかえるならば、とうにいくつかのアルマダ種族が試みていたでしょう」

「それでも、アルマダ工兵は作業工を操作できるわけだ」ストッサーがいいかえす。

「アルマダ工兵がやってのけたのなら、わたしにだって」と、クロヴァル。「とはいえ、百パーセント成功するとは保証できません。この工作がアルマダ工兵にぜったいに見破られないとはいいきれないので」

「勝算は？」ヴランバルがたずねた。

「あります。それも、かなり」と、クロヴァル。「思うに、これらのアルマダ作業工が〝スレイカー搬送体〟だとは、まず気づかれないでしょう。明らかに奇妙な行動をとらないかぎり。換言すれば、すべては作業工の内部に身をひそめて操作するスレイカーしだいといえます」

「なるほど」と、ヴランバル。「それ以上は望むべくもない。気づかれずにムルクチャヴォルに侵入できれば充分だ。あとはなるようになる。さ、作業にかかってくれ、武器マスター」

「どれくらいの時間をもらえるので？」クロヴァルはたずねた。

「最短時間で、最善をつくすのだ」と、ヴランバル。「あらゆる援助をしよう。きみはひたすら急いでくれ。われらが種族の運命、いや、ひょっとしたら無限アルマダすべての運命がきみにかかっている」

この言葉をもって、アルマダ司令官は別れを告げた。

「そのような責任を負わされるのは、まったく迷惑だな」クロヴァルがおちつかないようすでいった。はじめて、そのプラスティック製の顔に感情の動きがあらわれる。

それでも、ただちに作業にとりかかった。

3

ヴァークツォンは、ムルクチャヴォルの巡回を予定よりも早く切りあげた。視察結果には満足していない。

忍び足はたしかに、おおよそ計画を達成したものの、ただそれだけだ。かれらは優秀な遺伝子エンジニアである。疑う余地はない。無限アルマダひろしといえども、かれら以上の者は見つからないだろう。さらに、いい意味で受動的だ。攻撃的でも反抗的でもなく、あらゆる命令に異議を唱えることなくしたがい、あたえられた指針を厳守する。しかし、みずからイニシアティヴをとることはなく、自分の殻をけっして破らない。

ヴァークツォンはときおり思ったもの。忍び足にもっと活力があったなら、アルマダ工兵にとり、さらに有利に働くのではないか。とはいえ、はたして反骨精神旺盛な熱血漢のほうが、忍び足のような無気力な存在よりも好ましいのか、自身にもわからない。

いずれにせよ、ヴァークツォンは二体の従者を連れてラボとシンクロニト・ステーションを巡回したさい、強い反発心を感じた。それでも忍び足は全面的に絶対服従をしめしている。

忍び足の本音を吐かせることができる方法が、実際ひとつだけある。系譜研究だ。かれらは熱狂的な祖先崇拝者で、その崇拝心はときおり信じがたいほどの力を発揮する。ヴァークツォンは連中のしたいようにさせておいた。よりよい成果をあげるためのきっかけとなるから。

忍び足に対する圧力手段はある。これを使いすぎてはいけないが、作業を急がせたいときはいつも、アルマダ年代記を閲覧させるという約束をちらつかせるのだ。これに刺激され、かれらは種族の起源をアルマダ年代記に見いだすという夢に焦《こ》がれる。

もちろんヴァークツォンは、いつかこの約束をはたすつもりなどない。だが、十四日前にムルクチャヴォルにもどってからというもの、〝アルマダ年代記〟という呪文が効力を失ったように思えた。その理由はまだ知らないが、ときおり、忍び足がなにかたくらんでいるような気がするのだ。よからぬこととしか考えられないが。

それがなんであろうと、遺伝子エンジニアの成果には満足できない。

ムルクチャヴォルには、さまざまな発達段階にあるシンクロニトがぜんぶで三百二十六体あった。これらこそ、アルマダ工兵により計画された勢力展開の礎《いしずえ》となる。シンクロニトのほとんどが無限アルマダ重要メンバーのドッペルゲンガーであり、オリジナルのからだに影響をおよぼすことが可能だ。ムルクチャヴォルは複数あるシンクロドロームのひとつにすぎず、ほかを合わせればさらなる数千のシンクロニトが出番を待つ。すべてをXデーに投入すれば、無限アルマダの基礎構造の大部分を揺るがすだろう……ヴァークツォンはこれらの考えを押しのけた。アルマダ工兵が権力奪取を念頭におくにはまだいたっていない。アルマダ中枢の沈黙により、これ以上ありえないほどの好機なのだが。

それでもまだ、あまりに多くの問題がある。たとえば、ヴァークツォンが睡眠ブイを改造した実験施設〝グルンダモール〟のラボから連れてきた例のシンクロニトだ。将来、ろくなものになるまい。

ヴァークツォンは当初、これはグルンダモールにいた補助種族グツェラコールのせいだと思ったもの。あの施設をあわただしく脱出したあと、ここムルクチャヴォルにうつり、さらなる作業を忍び足に託したのだった。ところが二週間後、かれらもまた失敗したとわかった。

忍び足は、シンクロニトの発育不良は自分たちの責任ではないと主張した。ヴァークツォンは反証できず、忍び足が任務を怠ったとも思えなかった。その結果、遺伝子エンジニアの主張を信じざるをえなくなる。すなわち忍び足は、シンクロニトの発育不良の原因が細胞自体にあるのではないかといいはったのだ。それでも原因が見つからないいま、すでに二週間が経過している。

ヴァークツォンは徐々に辛抱しきれなくなっていた。ほかのアルマダ工兵たちが、最終的に役だつ成果を必要としているのだから、なおさらのこと。

培養セクターを巡回するさい、ボディガードのように同行するアルマダ作業工の一体、ムルクチャ3が異状に気づき、注意をうながした。培養装置のひとつをさししめす。そのなかにはなんと、忍び足の未完成クローンが横たわっていた！

恐ろしいことだ。というのも、遺伝子エンジニアがこのように自身を再生産することはきびしく禁じられていたから。それでもヴァークツォンは犯人を探すことをあきらめた。とはいえ、この忍び足のクローンに関する全データを入手する。秘密裡にこの問題を調査させるためだ。

これで、忍び足の陰謀の手がかりをつかんだのか？　すくなくとも、このクローンこそ……この場合、シンクロニトとは呼べない……忍び足に対して〝アルマダ年代記〟という呪文が効力をいささか失った理由と考えるのは妥当だろう。

──この直後、ヴァークツォンは、視察を早めに切りあげることになった。同行するアルマダ作業工のムルクチャ9から、ショヴクロドンが連絡をとりたがっていると告げられたのだ。

ヴァークツォンはただちに、司令スタンドに向かった。

＊

ヴァークツォンとショヴクロドンは、外見においてまったく見わけがつかない。ほぼ同じ身長、同じ体格で、同じく人形のような滑らかな肌。マスクのような顔と禿《とく》頭《とう》をつつむ銀色の肌には毛穴がなく、まるでプラスティックのようだ。両者とも性別は見きわめづらい。男にも女にも見える。頸にいたるまで閉じられた黒いコンビネーションの下にも、性別の特徴はうかがえない。

より正確に両者を見わける特徴を探すなら、ショヴクロドンの顔には不機嫌な表情が顕著に見られ、ヴァークツォンにはある種の狡猾《こうかつ》さがうかがえるといったところか。とはいえ、そもそも両者ともどこか抜け目なく、疑り深い感じがする。

ショヴクロドンのプロジェクションが安定すると、ヴァークツォンと同じくらいリアルに見えた……そこにいるアルマダ工兵は、ホログラムの対話相手となんの区別もつかない。

「グルンダモールでのきみの災難について聞いた」ショヴクロドンが話しはじめた。「きみが間一髪でテラナーの介入を逃れることができてよかった。われわれはもう、あまりに少数になってしまった。仲間のだれが欠けてもならない」

「〝きみの〟脱出について、わたしはもう祝いの言葉をいったかな？」ヴァークツォンが返した。「われわれ全員、すっかり忘れていたよ。きみがアルマダ作業工を捕獲するために投入した銀河系船団のテラナーによって、あのような災難をこうむったことを」

「あの汚名は恒星ハンマーによって返上した」と、ショヴクロドン。「それによりテラナーは、供給基地を築く惑星を見つけることが不可能となったわけだ」

「その作戦行動がそのような決定的成功をおさめたとの報告は受けていないが」と、ヴァークツォン。「テラナーとの小競《こぜ》り合いがあったのは、われらの採掘惑星のうちのひとつではなかったか？」

「それはわたしの領域ではない」と、ショヴクロドン。「まだワルケウンからの報告を待っているのだ。そうしてはじめて判断をくだせるというもの。だから、よければきみの話をしよう。実際、グルンダモールでなにが起きたのか？」

ヴァークツォンは、〝まだら〟の白いカラスから銀河系船団の最高指揮官ペリー・ローダンの細胞組織を入手したいきさつについて、淡々と話して聞かせた。

「その後まもなく、グルンダモールはテラナーに襲撃された」ヴァークツォンが先をつづける。「そのさい、テラナーがアルマダ炎を入手するための代価として〝まだら〟にあたえたふたつの道具を、かれらの目の前で破壊した。それらがわれわれにとり、なんの価値もないとしめすためだ」

「賢い選択だったのか？」ショヴクロドンが口をはさんだ。

「われわれの力を見せつけるために必要だった」と、ヴァークツォン。「テラナーにとり、あのライレの〝目〟と〝コスモクラートのリング〟は一種の奇蹟の武器だったといえよう。このふたつを一アルマダ工兵が破壊したとなれば、われわれがはるかにすぐれた武器を所有すると思い知るにちがいない」

「それをわたしは恒星ハンマーの投入により確実にした。つづけてくれ」

「これですべてだ」と、ヴァークツォン。「ローダンの細胞組織をここまでぶじに運んできた。わが配下の忍び足たちが、いまシンクロニトの面倒を見ている」

「いつ、そのシンクロニトは操作可能になるのか？」ショヴクロドンがたずねた。

「正確な時間はまだいえない」と、ヴァークツォン。「忍び足は最善をつくしているが、やや難航している。とはいえ、たいした問題ではない。万一、なにかうまくいかないとしても、ペリー・ローダンの組織サンプルの細胞からいつでもあらたなシンクロニトをつくることができるだろう」

「なにがうまくいかないというのか？」ショヴクロドンがたずねた。

「現在、ローダンのシンクロニトの成長は、思いどおりには進んでいない」と、ヴァークツォン。「忍び足は何度も成長の逆行に手を焼いている。その理由もわからない。わたしはこの件に関しては疎《うと》く、遺伝子エンジニアの話を信じるしかない。それでも、この細胞がなにか変なのはわかる。ローダンの細胞の遺伝子は、忍び足が解読できないコードを持つようなのだ」

「それはまったく気にいらないな」と、ショヴクロドン。「思うに、ムルクチャヴォルを訪ねる必要がありそうだ」

「もちろん、きみの訪問を歓迎するとも」と、ヴァークツォン。「とはいえ、どうしてもくるべきだと思うのか？ きみはシンクロニトづくりを促進できるわけでも、わが遺伝子エンジニアよりあつかいがうまいわけでもあるまい」

「わたしがきみの任務に干渉したがっているように聞こえたのなら遺憾だが」と、ショヴクロドン。「わたしがムルクチャヴォルを訪ねるのは、まったくべつの理由からだ。わたしはすでに、銀河系船団のべつの船を拿捕した。計画は大成功だった」

一瞬、ショヴクロドンが怒りだすかのように見えた。しかし、すぐに自制をとりもどし、

「アルマダ作業工の捕獲員としてほかのテラナーを雇ったのか？」と、ヴァークツォン。

「拿捕した船の指揮官から細胞組織を得ることに成功したのだ」と、応じた。「詳細については会ってから話そう。この細胞組織をシンクロドロームまで運び、きみの忍び足にシンクロニトをつくらせる。きみへの信頼の証しだと思ってくれ」

「光栄だな」と、ヴァークツォン。「で、その本心は？」

「テラナーのシンクロニト二体を並行して育てたら、おもしろい実験になると思わない

か」と、ショヴクロドン。「これが実際になにをもたらすかはわからない。それでも、われながらいい考えだと思う。すくなくとも、一シンクロニトから得た経験は、もうひとつのシンクロニトにも生かせる。これにより、作業がはかどるだろう」

「まったく興味深い観点だ。それは認めるしかないな」と、ヴァークツォン。「では、きみの到着を待つ」

「可及的すみやかにそちらに向かう」

ショヴクロドンの映像が消えた。まず、からだが消え、それからアルマダ炎が。ヴァークツォンは考えた。これは、ショヴクロドンがとりわけ強いアルマダ炎を持つというしるしだろうか。

それはともかく、ショヴクロドンの傲慢さは最近目につく。とはいえ、ムルクチャヴォルにおいては、ヴァークツォンに決定権があるのだ。ショヴクロドンにこの点をはっきりわからせておかなければ。

4

培養施設がぐるりととりかこんだところに、完成したシンクロニトがおさめられている巨大ドームがあった。そこでシンクロニト制御装置に接続され、これによりアルマダ工兵がオリジナル本体を操ることが可能となる。

ダム・クラスールは、これらのプロセスのあらゆる詳細にいたるまで精通している。アルマダ工兵のやり方にはたしかに賛成できないが、かれ自身はこの作業によってアルマダ工兵を手助けすることに、良心の呵責《かしゃく》も道徳的ためらいもなかった。自分はなんといっても科学者なのだから、作業に没頭するのみだ。

シンクロニトのオリジナルである本体は、ダム・クラスールにとり、匿名の存在であり、たんなる名前にすぎない。かれらの運命も知らないのだ。シンクロニトは本体のカリカチュアであり、個性もなく……精神も魂も持たない。この認識が作業を容易にした。シンクロニトの操作においては、ほかの者があたるからなにもする必要がない。操作を引きうけるのは、通常、アルマダ工兵自身だ。

目下、細胞学者は、あるシンクロニトにかかりきりになっている。ヴァークツォンは、その成長を促進させるよう急きたてた。だが、ダム・クラスールには想定外の問題が起こったのだ。

「PRのようすはどうだ？」細胞学者は培養装置のもとに到着すると、二名の助手、ヘク・マルドーンとポル・ヴォルシールにたずねた。シンクロニトの名札には〝ペリー・ローダン、テラナー、人類、銀河系船団所属、非アルマディスト〟と、書かれている。

だが、これらをすべて読みあげるには長すぎるため、省略形でPRと呼んでいた。

「相いかわらずです」と、ヘク・マルドーン。「あなたから命じられたとおり、われわれ、有糸分裂後期から終期に移行させたのですが、肉体は躊躇しながら反応しただけで、成長プロセスを何度も加速させたにもかかわらず、停止しました。くりかえされてきた問題です。ほとんどの細胞が分裂後、すぐに死んでしょう」

ダム・クラスールは呼吸スリットをゆがめた。不機嫌さのあらわれだ。

「思うに」と、ポル・ヴォルシール。「ヴァークツォンにたのんで、あらたな原細胞を入手し、ふたたび最初からやりなおしたほうがいいのでは」

「問題はそこではない」と、ダム・クラスールが確信していう。「きみたちにはわたし同様、わかっているはず。この細胞分裂が通常の成長過程をとらない理由は、原細胞にあるのだ。その遺伝子に、成長を妨げる誤情報がふくまれているにちがいない。しばらく、席をはずしてくれ」

ダム・クラスールは、培養装置内部をうつすモニターのスイッチを入れた。PRはまだ、成熟したシンクロニトとはほど遠い状態にある。すでに人間としてのおよそのかたちはうかがえるものの、まだ明確ではない。縦長の胴体に頭部、上下一対ずつの四肢の先端に五本の指。顔はほとんどのっぺりした卵形で、さまざまな感覚器官はまだ目立たない。さらに、重要な人間的特徴が完全に欠けていた。つまり、毛髪である。

ダム・クラスールは、それぞれの細胞の遺伝子情報を〝読んで〟みた。培養装置はしかるべき機能をそなえている。遺伝子コードを正しく解読することにより、クローン化された原細胞の出どころである存在の具体的な再構築が可能となるのだ。

PRを再構築すると、直立姿勢の堂々とした二足動物の姿があらわれる。強靭《きょうじん》な骨格と、まさに装甲された頭部。からだはたくましく、筋骨隆々だ。頭部はびっしりと毛におおわれ、体毛はまばらである。頭部には感覚器官の集まる顔があり、これらが変化に富んだ表情を生む。

もっとも、この再構築はあてにならない。シンクロニトは細胞提供者の正確な生きうつしではないから。シンクロニトはオリジナルのコピイではなく、ただの目的手段、本体に情報を伝える媒体としてのみ役だつものなのだ。

PRは、オリジナルのペリー・ローダン……テラナー、人類、いわゆる銀河系船団所属、非アルマディスト……のようにはけっしてならないだろう。PRは意図的にペリー・ローダンのカリカチュアとしてクローン化される。とはいえ、生物学的に見ればばカチュアよりは正確だ。つまり、細胞学上はオリジナルと一致するということ。

前期、つまり胎児の段階では、PRにはまだなんの異常も見られなかった。そのときまでは順調に育っていた。それでもダム・クラスールには、最初の細胞サンプルからすでに、遺伝子のどこかに誤情報がひそんでいるとわかっていたのだ。

これは、ペリー・ローダンから採取したサンプルが皮膚細胞だったせいではけっしてない。そのような特殊化した細胞からは、いずれにせよシンクロニットをつくりだすことはできないから。この手の細胞はまず退化させ、原点、つまり分裂していない細胞にもどさなければならない。この方法で全能の細胞ベースを得てはじめて、それからクローンを、あるいはこの場合はシンクロニットを成長させることができるのだ。

ダム・クラスールはそのような実験に着手し、PRから細胞サンプルを採取し、そこから全能の細胞ベースを誕生させた。だが結果は惨憺たるもので、最初の個体とまったく同じ欠陥が生じた。細胞が非常に古いという誤情報は、これらの細胞の遺伝子テキストにひそんでいたわけだ。これは驚くべき発見であった。PRのあらゆる細胞が非常に高齢の情報をあらわしている……いわば、数百歳だと〝感じている〟のだ。それゆえに、ほとんどが分裂後たちまち死んでいく。

遺伝子を若がえらせることは、いまだ成功していない。ダム・クラスールには、テラナーの寿命もわからなかった。とはいえ、急速に進行する細胞老化プロセスが不自然であるのは明らかだ。シンクロニトの成熟プロセスが進むにつれて、影響はいっそうひどくなる。

科学者として、ダム・クラスールはこの問題に興味を引かれた。とはいえ、役だつ結果を要求されるアルマダ工兵の従者としては、絶望を感じる。前期から中期を通じ、有糸分裂後期までの初期段階では、これから予想される障害がはっきりしめされてはいるものの、成長はまだ比較的スムーズに進んだ。しかし、本当の問題は有糸分裂後期から終期にうつったさいにあらわれる。これでは、ペリー・ローダンの完全なシンクロニトをつくるのは不可能だ。

この懸念をもちろんヴァークツォンに対しては、はっきりとは告げない。もしこのアルマダ工兵がこれ以上待てないようであれば、成長加速装置の出力を最大にし、PRを最終段階にいたらせることは可能だ。だが、そうしたところで完全なシンクロニトを提供できるものか、疑問である。

ヴァークツォンからは何度もこういわれている。

「いいかげんにペリー・ローダン問題に片をつけたいのだ。やつを操るためには、シンクロニトが必要だ」

ダム・クラスールは説明を試みたもの。すでにもう、ペリー・ローダンに若干の影響をおよぼすことが可能だと。実際にそうなのだ。クローン化するさいにも、特定の操作が必要だからである。それにより、のちに完成したシンクロニトは、オリジナルに命令を伝えるための媒体として位置づけられるのだ。

「ペリー・ローダンは、すでにシンクロニトの前期段階から、さまざまな影響を受けているにちがいありません」ダム・クラスールは説明した。「さらに、シンクロニトの成長が進むにつれて、それだけ頻繁に精神的にも身体的にも欠落症状を訴えるでしょう」

それでも、ヴァークツォンはこれに甘んじるつもりはないようだった。

「そのようなまぐれ当たりには興味がない。わたしは銀河系船団の最高指揮官を支配したいのだ。きみに最終期限をあたえる、忍び足。それまでに、投入可能なシンクロニトを提供できない場合は……」

アルマダ工兵は、脅しを最後までは口にしなかったが、〝忍び足〟という言葉を、まるで呪い文句のように発した。これがすべてを物語る。これは種族名ではなく、アルマダ工兵からあたえられた通称にすぎないのだ。かれらはその白い足球でまったく音をたてずに進むことが可能だから。

この会話を思いだしたとき、ダム・クラスールは衝動的に決心した。成長加速装置の出力を最大に切り替えるのだ。

「ＰＲシンクロニトをまもなく入手できるだろう、ヴァークツォン。わたしはＰＲを終期まで成長させる……ほかのすべてはなにも気にかけずに」

ダム・クラスールは、近づく足音に気づいた。アルマダ工兵の足音のようにも聞こえるが、三対の脚を使っていることから、老齢の忍び足が近づいてくるとわかった。足球が角質化しているのだ。

「いつから、きみはひとり言をいうようになったのか、ダム？」甲高《かんだか》く震える老人の声がたずねる。系譜学者サル・サラッサンの声だ。

ダム・クラスールは呼吸スリットを膨《ふく》らませ、いらだちをあらわに応じた。

「あなたが祖先と対話しているときに話の腰を折られたら、どう思いますか、サル？」

「ジーン・デムードだ」年老いた系譜学者はだしぬけにいった。「われわれの始祖に会うため、わたしはここにきた」

ダム・クラスールはこの大胆な言葉に驚き、成長加速装置を調整するのも忘れた……

幕間劇　その一

ペリー・ローダンは、吐き気を感じた。

最初は、こめかみがうずき、それがしだいにはげしくなった。やがて目眩《めまい》がし、平衡感覚を失った。動くたびにこれを感じ、軽く千鳥足になって反対側によろめいたさい、ほとんど倒れそうになる。

本能的に、胸の細胞活性装置をつかんだ。まるでこれにすがるかのように。ほっとした。《バジス》司令室のほかのメンバーは、この脱力発作にまったく気づいていないようだ。

この時点まで、ローダンは会議に参加していた。ロワ・ダントンが惑星ナンドの星系から帰還して、これがはじめての状況報告ではないが、今回もまたたいした収獲はない。ローダンは会議にますます集中できなくなり、会話が遠のいていくのを感じた。

「ナンドの原住種族がこれ以上、アルマダ工兵による危険に脅かされることはないと確信している」と、ロワ・ダントン。ペリー・ローダンは、すべて何度も聞かされたような気がした。息子がつづける。「ワルケウンはナンドで敗北を経験したので、二度とこの惑星の資源を採掘しようとはしないだろう」

「ならば、アルマダ工兵はM－82のほかの惑星で運をためそうとするのでは？」と、ウェイロン・ジャヴィア。

「それを防ぐことはできないな」ロワ・ダントンが応じた。

「きみたちは、そもそもなにがしたいのだ？」と、タウレク。「この銀河の種族の守護神を気どる前に、自分たちの心配をしたらどうだ？　M－82がセト＝アポフィスの本拠地であることを忘れたとでも？」

ローダンにはその言葉が、まるではるか遠くから聞こえてくるようだ。頭痛はますますひどくなり、はげしい痛みに襲われる。突然、炎のなかに立っているような気がした。気をまぎらわすため、なにかいおうとしたが、思考を言葉におきかえられるか定かではない。こう、いいたかったのだが。

「この瞬間、われわれにとりもっとも重要なのは、惑星バジス＝1に基地をかまえることだ。アルマダ工兵は予想もしていないだろう」

ところが、しわがれ声が唇にのぼっただけで終わる。頭痛はよりはげしさを増す。これが鼓動のリズムであると気づき、愕然とした。脈が速い。いまにも気を失いそうだ。

自身になにが起きているのか？

一瞬、奇妙な光景が目の前に浮かんだ。あるいは、この光景はただ頭のなかにあるだけなのか？　せまいシリンダーのなかに横たわっているようだ。頭には毛がなく、数千の針が刺さっている。からだは絶え間ない放射を浴び、無数のチューブによってシリンダーのまるく膨らんだ内壁とつながっている。

体温があがったりさがったりをくりかえしていた。細胞活性装置は、バランスをたもつことも調整することもできない。まるで原子炉のように熱され、連鎖反応を引き起こすかのようだ。

「アルマダ工兵がナンドでの事件を《バジス》と関連づけるとは思えない」と、ロワ・ダントン。

「きみが持ってきたデータにどんな意味があるのか、興味がある」と、タウレク。

「まだハミラー・チューブが分析中です」と、ウェイロン・ジャヴィア。「最初の結果が出るまで長くはかからないでしょう。ひょっとしたら、その前にジェルシゲール・アンがそれについてなにかいえるかもしれません」

「あなたがたはアルマダ工兵を敵にまわした」シグリド人が応じた。「いまや、かれらは全銀河系船団を殲滅するまで、その手を休めないだろう」

ローダンは大声で叫びださないよう、超人的自制をみずからに強いた。だれも自分を会話に引き入れようとしないので、ほっとする。自身に起きた異変は、だれにも気づかれたくない。

《バジス》司令室にいると同時に、奇妙なシリンダー内に拘束されているような気がした。これがなにを意味するのかなんとなく想像がつくが、認めたくない。抵抗を試みる。

「ペリー、どうしたのです？」

「震えているではありませんか」

「数世紀ぶん、いっきに老《ふ》けこんだみたいだよ」グッキーの声だ。ネズミ＝ビーバーが目の前にあらわれ、いぶかしげに目をのぞきこむ。ローダンは思わず思考をブロックしようとした。

すると、すべてがふたたび過ぎさった。悪寒《おかん》に襲われ、自身が弱っているのを感じる。膝ががくがくした。それでも、自制をとりもどし、

「思うに、まずデータの分析結果を待とう」と、告げた。声にしっかりした響きをあたえようとするが、うまくいかなかったらしい。周囲の心配そうな視線でそうと気づく。友たちの目をごまかすことはできない。背を向け、さらにつづける。「これからバジス＝1に向かう。種々の任務が待っているから」

本当は、友の探るような視線を避けたいだけだった。さらに、バジス＝1にとどまっているゲシールにも会いたい。困難ないま、彼女が必要だ。ローダンに全幅《ぜんぷく》の信頼をよせる唯一の人間だから。かれのシンクロニトが存在するのか、たずねようとはしない。

夫の一挙手一投足を査定して、はたしてシンクロニトの影響を受けているのか、いないのか、自身の判断基準にしたがって検討したりもしない。

ローダンは、友たちの不審の目と気づかいから逃れられてほっとした。自分のいないところで、なにをいわれようと気にならない。批判にも検査にも応じるつもりはなかった。なんの役にもたたないから。

自身になにが起きているのか、みずから突きとめたい。

そのさい、ゲシールだけが力になってくれるだろう。

ローダンはひとり搭載艇に乗り、まもなく《バジス》をあとにし、バジス＝1の軌道から惑星表面に向かった。

＊

ジーン・デムードの培養装置には、もちろん偽の表記がしるされていた。表向きは〝グレンド・ハール、プシュート、クラスト・マグノ、アルマダ第七三八一部隊〟と書かれている。だが、これはただのカムフラージュだ。実際は、ムルクチャヴォルのどこにもプシュートのシンクロニトは存在しないし、クローン化予定のプシュートもいない。ダム・クラスールは自問したもの。プシュートを操作することに苦労する価値を見いださないほど、クラスト・マグノはアルマダ工兵にとり重要ではないのだろうか。もっとも、ほかのシンクロドロームにプシュートのシンクロニトが存在する可能性もあるが。

「われわれの始祖に会いにきたなどと、いってはなりません」ダム・クラスールがたしなめるようにいった。「あまりに危険だ」

サル・サラッサンはなにも応えない。培養装置の数値を読みとると、モニターのスイッチを入れた。ダム・クラスールはつねにアルマダ作業工を警戒して周囲を見まわす。

しかし、さいわいにも近くにいない。

「申しぶんない進捗状況だ」サル・サラッサンが賞讃するようにいった。四つの目すべてで映像をとらえることができるよう、額をモニターに向けながら。

モニターには、ほとんど完全に成熟した忍び足一名がうつる。八肢はすでに形成され、休息する姿勢のように胴体にぴったりと沿い、折りまげられている。黒い体毛は濃く、それに対し、白い足球は新生児のように華奢だ。球状頭部の皮膚はダークグレイ。最終発達段階にいたってはじめて明るい色になるのだろう。四つの目と呼吸スリットは閉じられている。クローンは人工呼吸し、静脈から栄養を補給されていた。口は、しっかりと閉じられた皮膚膜により、癒合されているかのように見える。

「思うに、きみを評価してもいいかもしれないな、ダム」と、サル・サラッサン。「種族の名において感謝する。種族に始祖をもたらすために危険を引きうけたのだから。た

だ……ジーン・デムードの成長は加速できないのか?」

「ここでは、遺伝子に突然変異が起こるようなシンクロニトをつくることは許されません」と、ダム・クラスールは応じ、培養装置の観察モニターのスイッチを切った。権限のない者がアクセスできないように。「始祖の正確なコピイとなるような完全なクローンをつくるのには手間がかかる……つまり、より時間がかかるのです。それでも、ときおりわたしは自問します。それだけの手間をかける価値があるのだろうかと」

「いまのは異端の考えに聞こえる。われらが種族の始祖について話しているのだぞ！」

「本当に始祖なのですか？」ダム・クラスールはあけすけにたずねた。系譜学者が呼吸スリットを震わせ、あえいだ。啞然として口がきけないようだ。この隙に先をつづける。

「ずっとたずねたいと思っていました。この細胞をどこで入手したのです、サル？ もっとも遠くまでさかのぼれるあなたの系譜にさえ、ジーン・デムードの名前は出てきません。われわれの始祖は伝説だ。それゆえ、あなたがどうやって、生育可能な始祖の細胞にたどりついたのか、疑問に思います。ジーン・デムードがかつて生きていたとしても、すでに何世代も前に死んだにちがいないのだから」

「まさに異端者だな！」

「科学者の観点でいっているのです、サル。わたしは、自分がそこでだれのクローンをつくっているのか知らなければならない。原細胞の遺伝子からは、その情報を入手できませんでした」

「あれは、ジーン・デムードだ」サル・サラッサンは確言した。頸のまわりにかけていたたくさんの袋のひとつをつかみ、なかからちいさなチューブをとりだす。「このなかには、さらなる細胞がある。これは父から受け継いだ。そして、父はそのまた父からこれを手わたされたのだ。これらの細胞の起源は、ジーン・デムードまでさかのぼる。これで満足か、ダム?」

ダム・クラスールはこれに甘んじることにした。この神秘主義者に、確固たる科学的事実を期待できるわけもない。サル・サラッサンはつづけた。

「ジーン・デムードは、われらが種族の良心だ。種族の歴史、起源を知っている。ゆえに、われわれにあらゆる答えをもたらすことができるのだ。始祖が復活すれば、いかなる疑問も消えるだろう。アルマダ工兵から〝忍び足〟と罵倒されずにすむ。種族の起源まで系譜をさかのぼることも可能だ。そして、ダム、アルマダ年代記を閲覧させるというアルマダ工兵の約束にこれ以上依存する必要もなくなる。そうすれば、われわれは独立した自由種族となるのだ。すべてをジーン・デムードに期待できる」

ダム・クラスールにとり、これらはなんら新しい情報ではない。サル・サラッサンは細胞をわたしなさい、ほとんど同じ言葉を告げたもの。その後も、何度か同じ内容をくりかえした。

「もう作業にもどらなければ」と、ダム・クラスール。これ以上、神秘主義者の演説にはつきあっていられない。

突然、思いだした。PRシンクロニトの培養装置の成長加速装置のスイッチを入れた
ままだ。六本足で可及的すみやかに向かう。

培養装置に到達したとき、ちょうどアルマダ作業工二体が作業を終えたところだった。
「この培養装置が警告を発していたので」と、一体が報告する。「成長加速機能を抑制
する必要がありました」

「大丈夫だ。もうおまえたちは必要ない」ダム・クラスールはパニックに駆られながら
も、可能なかぎりおだやかに告げた。

アルマダ作業工がうしろにさがると、ダム・クラスールは装置のスイッチを入れた。

助手二名は、ある程度はなれたところからこちらを見守っている。

幸運にも、PRシンクロニトはすこしのダメージも受けていない。体細胞が段階的な成
長加速により増殖することはなく、有糸分裂は通常の過程を進んでいた。実際、メリッ
トもあったのだ。PRシンクロニトは有糸分裂後期を跳びこえ、現在は終期にある。換
言すれば、さらなる成長を遂げ、間期に先行する重要な段階にあるわけだ。あらたな問
題が生じなければ、じきにシンクロニト制御装置に接続できるだろう。

まもなくしてヴァークツォンが到着したとき、アルマダ作業工が装置の警告を知らせ
たのだろうと、ダム・クラスールは思った。アルマダ工兵は、それについてひと言も話

さない。やがてPRシンクロニトの培養装置の左側をさししめし、こう命じた。

「この培養装置のなかをきれいにかたづけるのだ。ほかのテラナーのシンクロニトをうつすから」

これだけ告げると、ヴァークツォンはふたたび立ちさった。ダム・クラスールはうしろ姿を見送りながら、アマ・タローンの姿に気づいた。培養装置三台の先にあるコンピュータのところに立っている。なにかの計算をしているようだ。それでも、ひっきりなしにこちらに視線を送ってくる。

ダム・クラスールはひどい罪の意識を感じた。作業中ずっと、彼女のことをすっかり忘れていたのだ。

5

クロヴァルは天才だ。そう認めざるをえない。アルマダ司令官ヴランバルは、アルマダ作業工が、まさかこれほど巧みにカムフラージュされたスレイカーのための移動手段になるとは思わなかった。

改造されたロボットは、アルマダ作業工のすべての機能と特質、個体識別マークとそのほかの特徴をそのまま維持している。ただ、それぞれが内部にひそむ一戦士により操作されるわけだ。

ヴランバルがもっとも感銘を受けたのは、〝スレイカー強化装置〟が携行可能であること。これは一種の装甲で、構成パーツに分解され、アルマダ作業工の内部に組み入れられている。外見は関節アームとツールを補強したように見えるだけだ。これでうまくいくと、クロヴァルは司令官に保証した。というのも、アルマダ工兵の手下であるアルマダ作業工を改造したとき、記憶バンクに〝アルマダ作業工がアルマダ第三七七三部隊の旗艦《アーンホル》に到着したさい、誤って戦士の射撃演習に利用されてしまったため、武器マスターが応急修理を施した〟という偽情報をインプットしたから。

アルマダ作業工は独自のグーン・ブロックを所有する。それにより、ムルクチャヴォルまでの八百光年ほどの距離をリニア航行で移動することが可能だ。

飛行は長くはかからない。それでも、ヴァンバルは目的地に到着するのが待ちきれなかった。超光速航行が終わると、部下に通信途絶を命じ、効果が短時間つづく抑制剤を服用させた。自身も同様に抑制剤一錠を口にほうりこみ、いらだちをおさえようとした。自身のシンクロニトを早く破壊したくてたまらない。

ムルクチャヴォルに着いても、ヴァンバルはとりたてて感銘を受けなかった。シンクロドロームはとりわけ巨大なわけでもなく、キノコのかたちをしている。キノコの〝傘〟は、直径千二百メートルの円形プラットフォームだ。中央には直径四百メートルの透明ドームがそびえ、着陸床の役割をはたす幅四百メートルのリングがこれをかこんでいる。現在、そこにあるのは小型アルマダ牽引機十機だけ。アルマダ作業工がその保守点検にあたっていた。

着陸床の下方には、キノコの〝柄《え》〟にあたる太いトーラスがある。直径は透明ドームと同じくらいか。そこから、長さ三百メートル、直径二百メートルのシリンダーが〝下〟に向かってのび、そこにグーン・ブロックが固定されている。ヴァンバルは、これらすべてのデータを〝自身の〟アルマダ作業工、ムルクチャ６２４から入手した。ムルクチャヴォルには二千五百体以上のアルマダ作業工と、アルマダ工兵から軽蔑的に〝忍び足〟と呼ばれている遺伝子エンジニア千四百三十名がいる。

ヴランバルは忍び足を個人的に敵とみなしているが、それはともかく、かれらがどう呼ばれようとどうでもいい。関心があるのはただ、どうやってシンクロドロームにもぐりこみ、どこにかくれ場を見つけ、どのように計画を実行するか、それだけだ。スレイカー搬送体と名づけられた改造アルマダ作業工には、退路も保証してもらわなければ。

司令官のスレイカー搬送体が先頭に立った。ドームに近づき、これを飛びこえる。透明な外殻ごしに、技術装置が入り乱れているのが見えた。そのあいだを、アルマダ作業工とさまざまな種族の生物がひしめいている。

当初、この事実はヴランバルを困惑させたもの。どの生物にもアルマダ炎がない！　だが、おのれの搬送体より情報を得た。これらはシンクロニトで、当然のことながらアルマダ炎を持たない。たとえ、アルマディストのシンクロニトであったとしても。

怒りがこみあげ、追加の抑制剤をのみこまなければならなかった。

ムルクチャ624はドームを飛びこえ、その基部に着地した。エアロックがある。アルマダ作業工十体すべてが着地すると、ハッチで個体識別チェックを受け、これを通過。

その奥にシャフトがある。スレイカー搬送体の一行はこれを反重力フィールドで下降した。いくつかの部屋を漂いながら進み、中央コンピュータの接続ポイントに到達。これに、十体とも同時に接続する。

ただのルーチン検査だ。長くはかからない。その後、一行はマシン室のひとつに向かった。そこで定位置につく。ヴランバルは自身の搬送体が静止するのが待ちきれない。静止すると、すみやかに搬送体の機能を停止させ、蓋を開けた。ここをはなれるのだ。アルマダ炎を金属に接触させないよう注意をはらいながら、慎重に外に這い出る。これがクロヴァルにとって最大の難関だった。つねに頭上二十センチメートルを漂うアルマダ炎のために、スレイカー搬送体内で充分な空間をたもたなければならないのだから。クロヴァルはこれによく成功したもの。まさに匠《たくみ》の技だ。ヴランバルは、武器マスターの名を戦闘日誌で賞讃するつもりだった。

「戦士諸君、出てくるのだ！」と、部下に命じる。

全員がかくれ場から外に出て、それぞれの搬送体の前にならんだ。

「楽にしろ！」と、告げ、先をつづける。「ここからは敵地における行動となる。つまり、隊列を組んでの戦いは断念しなければならない。それぞれが自身で決定をくだすべき状況があるだろう。グループをはなれた者は、自力で困難を切りぬけるのだ。この出撃の目的は、いわゆるシンクロニトを二体、破壊すること。わたしみずからの手で殲滅するつもりだ。この主たる目的を達成したあかつきには、あの思いあがったアルマダ工兵をできるかぎり弱体化する。どうしても必要な場合は、このシンクロドローム全体を破壊しよう。そのさい、脱出の可能性だけは失ってはならない。さ、スレイカー強化装置を組みたてるのだ」

戦士たちは、作業にとりかかった。

ヴランバルはおのれの搬送体に向きなおり、スペアアームの解体からはじめた。これは見せかけの応急処置で、じつはスレイカー強化装置の構成部品にほかならない。

ヴランバルは留め具をゆるめ、床の上にパーツをならべた。すべてがそろうと、まず背面プロテクターを組みたて、強化腕を四本とりつける。左腕一対からはじめた。すべてが正しく接続され、関節が機能し、背面プロテクターからエネルギーがそれぞれの強化装置に正しくいきわたる。これを確認してから、強化脚をとりつけた。

最後に武器を装着する。ヴランバルは左利きのため、小型ブラスター二挺《ちょう》を左腕一対の前腕プロテクターにとりつけた。右上の前腕シャフトには擲弾筒を格納する。この砂粒ほどの大きさの手榴弾の破壊力はたいして大きくはないものの、強い妨害放射をはなち、ポジトロン装置が一時的に機能しなくなる。これは宇宙船を征服するさい、すでに何千回となく実証されてきた。

ただ残念なのは、戦闘ヘルメットを携行できなかったこと。このかさばる代物のためにアルマダ作業工内部に空間を確保するのは、クロヴァルといえど不可能だったのだ。

ヴランバルは、むらさき色の口をゆがませた。この出撃では、ヘルメットなしでもすむだろう。これは電撃攻撃でなければならない。ビームと手榴弾の嵐がシンクロドロームを薙《な》ぎ、あらゆる障害物を排除する。シンクロニトを原子にまで分解し、施設を爆破し、時限爆弾をセットして……とっとと退却するのだ。

のちに戦闘日誌に記すさい、もっとも簡潔な表現を見つけるのに要するよりも、すくない時間で出撃そのものが終わるだろう。

「アルニボン、爆弾はあるか？」

坑道兵は、スレイカー強化装置の左のブーツをさししめした。そこから、短いチューブが突きでている。

「発射準備はととのっていますが、まだ装薬していません」アルニボンが報告。

ヴランバルは、一対の左手でこぶしをつくってみせた。了解の意味だ。自身の強化装置は完成している。実際、からだの〝外側〟にある金属製骨格のように見えた。からだをすべりこませると、腕、脚、胸のファスナーを閉めた。装着ぐあいを確認し、強化された大腿《だいたい》を満足そうに下の右手でたたく。エネルギー供給スイッチを入れた。

この瞬間、強化装置が作動。着用者に通常の十倍の力をあたえ、機敏さを十倍にする。そのうえ、まだ武器システムがある……ただ遺憾なのは、戦闘ヘルメットをのこしてこなければならなかったこと。

「戦士諸君……戦闘開始だ！」

ヴランバルは、ひとっ跳びで出入口に向かう。これで十五メートル前進し、強化脚が着地の衝撃を受けとめる。

電光石火のごとく手を動かし、スライドドアを押し開けた。その奥には……双方とも予期しなかったことに……アルマダ作業工一体が立っていた。ヴランバルは左腕一対をはげしく動かし、相手を壁に向かって投げ飛ばすと、ビームを浴びせる。

〝こうしてわたしは部下に進むべき道をしめした〟……と、戦闘日誌の書き出し部分が頭に浮かんだ。これをそのまま記すことにした。日誌はさらにこうつづく。

最高の気分だった。強化装置はいまだかつてないほど機能している。文字どおり、おのれと一体化しているのだ。まるで体内の人工心臓が血液を、血管ではなく強化装置に送りだしているようだ。アドレナリン値をはかってみたら、なみはずれた数値にちがいない。このいまいましいシンクロドローム全体をひとりで潰滅させられるだろう。そうすべきか？　だが、それでは部下たちが気の毒だ。かれらは戦いを待ちのぞんできた。戦士たちをがっかりさせてはならない。

そのとき、アルマダ作業工二体が出現。いや、無限アルマダに仕えてはいないのだから〝工兵作業工〟と呼ばなければ。アルマダ工兵は権勢欲にとりつかれた裏切り者だ。やつらに死を！　わたしはわきによけ、部下たちに道をあけた。かれらは狙いをさだめ、発射する。狙撃兵二名がさがり、次にならぶ戦士が射撃できるように背後をかためた。そこで、シンクロドロームに警報が鳴りひびく！　発見され、侵入者として認識されたのはまちがいない。

これにより、工兵作業工が登場。まもなく、さらなる大型兵器が投入されるだろう。通廊を埋めつくすほどの横幅がある作業工一体が、行く手を阻《はば》む。これが唯一の武器庫なのだ。どうやらパニック放射と個体破壊兵器を持つらしい。だが、われわれが連続放射を浴びせたので、相手は本領を発揮できない。エネルギー・フィールドの奥に引っこんだままだ。その仲間が一体、われわれの背後に出現し、退路を断ってくる。連続放射でこの相手も受け身状態に追いやると、息つくひまもなく側壁にビームを放射し、退路を確保。部下たちがまず通りぬける。

わたしはその場にのこり、三度こぶしを振りまわした。通廊に跳びでると、両方向に同時に発砲し、ふたたび大急ぎで掩体《えんたい》にかくれる。背後で起きたふたつの連続爆発が、わたしが正しく作業工を評価したことをしめした。実際、かれらがアルマダ工兵に仕えるのか、あるいは無限アルマダに仕えるのか、容易に見当がつく。二体はもう攻撃を受けないと思い、防御バリアのスイッチを切っていたにちがいない。これらのどっしりした代物に命中させるには、正確に狙いをつける必要さえなかった。

二度のジャンプで、部下の戦士たちに追いつく。目の前には、上層と下層につながる円形シャフトが出現。上に向かわなければ。ドームの下にシンクロニトがいるのだ。だが、どうやって？　われわれにはヘルメットも、反重力装置もない。もっとも近い頭上のデッキまで、ゆうにスレイカー六名ぶんはある。九メートルの高さなら一回のジャンプで問題なく到達できるが、シャフトの直径が七メートルあり、これが状況を困難にした。

サルラグが試みる。長く考えることなく、ジャンプした。強化装置のおかげで高く飛躍するが、どうしても上層デッキにはとどかない。そのまま落下し、われわれから十メートル下のプラットフォームに着地する。プラットフォームはなんらかの交換部品と一作業工を上層に運ぶ最中だった。作業工はわれわれに気づくとプラットフォームを停止させ、発砲してきた。だが、サルラグのことは想定外だったのだ。サルラグは、まだ強化装置が着地の衝撃を吸収しているあいだに作業工をビームで吹き飛ばすと、輸送プラットフォームをわれわれのいる位置まで移動させた。われわれは跳び乗った。

だが、サルラグは打撃を受けた。正確にいえば、強化装置が破損したのだ。わたしはかれを置いていくことにした。搬送体に入ったままわれわれの帰りを待ち、退却のための準備をととのえよと命じる。サルラグには気の毒だが、われわれの持つ攻撃力の四分の一しかのこっていないのでは、足手まといになるだけだ。スレイカー九名でも、計画実行には充分だろう。

＊

プラットフォームがシャフトの上端に到達し、自動的に停止すると、ヴランバルがまず跳びだした。ここはシンクロドローム上層階で、着陸床とシンクロニト・ドームと同じ高さに位置する。ここではじめて、ほかのアルマディストに遭遇した。

自身のシンクロニトに関するストッサーのホログラムで見たような、忍び足の一名だ。ヴランバルは、この存在を戦闘日誌にどう記すべきか、もうわかっていた。


その生物は、黒い毛におおわれた六本脚にゼリーのごとく震えるミミズのような胴体を持つ。その上の球形の頭部には、ほどよく配置された四つの目が虹色に光る。スレイカー同様、それぞれの手に指は八本だが、毛におおわれている細い腕自体は二本しかない。脚にはそれぞれ八本指の足があり、足先は球のようにまるまっている。この従属種族はまさに〝しずかに歩く者〟なのだ……そう呼ぶべきであろう。

ヴランバルはわずかな力でその忍び足をつかむと、壁に押しつけた。

「きみは、シンクロニト担当の一員だな」ヴランバルはそう告げると、忍び足の頸もとをつかむ手をゆるめた。そのさい、顔の下部分の震える皮膚膜で縁どられた口をおおわないよう留意する。「きみを押しつぶすことだってできるのだ、忍び足よ。抵抗すればそうなるぞ。きみは、シンクロニトに関わっているのか？」

「わたしは細胞学者だ」忍び足が異様な金切り声で応じた。「クローン化過程を監督している。だが、完成したシンクロニトには関わっていない」

「わたしを見るのだ！」ヴランバルが命じた。「わたしのシンクロニトにも携わったことがあるのか？」

「あなたは……第四十培養装置のスレイカーにちがいない」忍び足がつかえながらいう。

「まさしく、わたしがそのスレイカー、ヴランバルだ」アルマダ第三七七三部隊の司令官はそう告げると、忍び足を解放した。「ではこれから、わたしをその培養装置に案内しろ」

「わたしは非番だし、空腹なので……」忍び足が主張する。

「死んだあとでも空腹か？」ヴランバルはそうたずねると、呼吸スリットの下にブラスターの発射口を押しつけた。

「ヴァークツォンがそうはさせない……」忍び足はそこまでいうと、口をつぐんだ。突然、ヴランバルの戦士が、奇襲攻撃を試みたアルマダ作業工一体に向かって発射したのだ。

　ヴランバルは、左の両こぶしを勝利のポーズのように空中に突きだした。

「きみのヴァークツォンには、おとなしく引っこんでいてもらおう。われわれにシンクロドロームをこっぱみじんに破壊されたくなければ」

「あなたたちはそのようなことはしないだろう」と、忍び足。

「いいかげん、第四十培養装置に案内したらどうだ」と、ヴランバル。どうやら、忍び足は最初の驚きを克服したようだ。その冷静な態度が、司令官を逆上させた。ほとんど抑制剤をのみこもうかと思ったくらいだ。

「力に屈服するしかなさそうだ」と、忍び足。「ついてくるがいい」

「そうしてくれ、しずかに歩く者」と、ヴランバル。「そのように忍び歩くなら、なんのために六本脚が必要だというのか。きみの名前は？」

「ダム・クラスール」忍び足が答えた。「そして、わたしはきみたち同様、アルマディストだ。あつかいには気をつけてくれ」

　ヴランバルは逆上しそうになった。

「忍び足など、無限アルマダの墓掘りだ。きみたちのアルマダ炎は消されなければならない。忍び足がアルマダ工兵に命じられてしていることは、もっとも嫌悪すべき犯罪のひとつだ」

「わたしは遺伝子エンジニアだ」と、ダム・クラスール。「わたしの興味は、ひたすら作業の科学的観点のみにある」

「そうかんたんにはいかない、忍び足！」ヴランバルは興奮して叫び、目の前を歩く者を蹴飛ばした。「きみたちのせいで、アルマダ工兵が好き勝手にアルマディストの自由を奪い、操作できるようになったのだ。いままで、これについて考えたことがあるか、忍び足よ？」

ダム・クラスールはなにも答えない。

ヴランバルは部下に進路の確保をまかせた。アルマダ作業工があらたに出現し、ヒュプノ暗示をかけようとしたが、司令官はおや指さえ動かさずにすんだ。ただ短い交戦だけがあり、ふたたび静けさが訪れる。その後、さらなる攻撃はない。おそらく、貴重な施設を危険にさらさないために戦いを避けるよう、ヴァークツォンが命じたのだろう。

一行は環状通廊に到達。そこには、ヴランバルがすでにストッサーのホログラムで見た大型シリンダー容器が、長い列をなして連なる。

「このような培養装置はどのくらいあるのか？」ヴランバルがたずねた。

「百ほどだ」ダム・クラスールがみずから進んで言葉をつづける。「とはいえ、作動しているのはほんの一部だが……あなたはこのシンクロドロームで起きていることに対して、われわれ忍び足に責任を問うことはできない。作業の放棄はわれわれの死を意味するだけで、ほかの者がかわりとなるだろう。われわれに罪はないのだ」

「だが、きみたちは責任を問われる」ヴランバルが怒りをあらわに告げる。「いつか、アルマダ中枢が沈黙を破るだろう。そうなれば、オルドバンがきみたちを裁く」

「アルマダ工兵は〝オルドバンの息子〟なのだ」ダム・クラスールは、まるでそれがかれらの行動の充分な弁明であるかのように応じた。「かれらは、なにひとつ不正はできない」忍び足は、一シリンダー容器の前で立ちどまった。「これが第四十培養装置だ」

「容器を開けるのだ!」ヴランバルはそう命じると、左腕の武器をかまえた。自身のシンクロニトを放射によって分解する用意はできている。それが合図となり、アルマダ工兵がいまだかつて経験したことのない殲滅フィールドが展開されるだろう。

ダム・クラスールは躊躇したものの、跳ね蓋を操作した。蓋が開くと、自動的にストレッチャーが出てくる。もぬけの殻だ。

「これはどういうことだ?」ヴランバルが、はげしい怒りに駆られて叫び、やみくもにブラスターを発射した。自制が効かない。「なぜ、培養装置がからなのだ?」

「これが意味するのは、ただひとつ。あなたのシンクロニトが有糸分裂の間期に達し、シンクロニト・ステーションにうつされたということ」ダム・クラスールがためらいがちに答えた。あらゆる責任をまぬがれるために、こうつけくわえる。「わたしは、これについてなにも関与していない」

晴れたのだ。

ヴランバルは発砲をやめた。この培養装置がもう機能しないことを見て、すこし気が

「で、平たくいえば、どういう意味なのだ？」

ダム・クラスールはふたたび、答えるのをためらったのち、

「あなたのシンクロニトが制御装置に接続され、いつでも操作可能だということ……」

操作可能……操作可能……その言葉がヴランバルの頭のなかで鳴りひびく。戦闘日誌には、この言葉をそのまま借用しよう。

いまや、おのれに強いてきたがまんも限界だった。シンクロニト制御装置に突撃するよう部下に命じてもいい。損失にかまうことなく。この手で自身のシンクロニトを破壊するか、あるいはシンクロドロームごと爆弾で吹き飛ばそうか。どちらでもかまわない。やるからには、とことんやらなければ。

それでも、まずこの腹黒い犯罪者の忍び足を処刑したい。武器をかまえ、狙いをつける。だが、撃たなかった。シンクロニト制御装置への突撃も命じない。そのかわり、部下にこう告げた。

「思うに、そろそろ考えなおしてみるべき点に達したようだ」そこで間をおいた。震えが、からだとスレイカー強化装置を駆けぬける。次の言葉を文字どおり強引に絞りだしたのが、はたから見ても明らかだ。

「ほかに選択の余地はない……ヴァークツォンと交渉しなければ」

なぜ急に気が変わったのか。部下たちが知っていたなら、おそらくその場でヴランバルを撃っただろう。だが、かれらはこう考えていた。司令官がみずからの意志で交渉することに決めたのだと。

6

ヴァークツォンにとり、いくつかの任務は非常に不快なものであった。それがなににに関するものであれ、逃れようと試みるか、あるいは、特別な責任を負うことなく任務をはたしてきた。

だが、シンクロニトに関する作業はじつに愉快だ。可動式制御コンソールの前にすわり、透明ドームの下の誘導ビーム網をくまなく巡回する。楽しくてたまらない。頭上には星々、眼下には厳密に区切られたセクターにシンクロニトがならぶ。

中央制御コンソールのキイに指をすべらせ、シンクロニトを操り、反応させ、それに対するリアクションを分析するのは、自分だけの楽しみだ。おのれは、魂の抜けた人形を踊らせる名手なのだ。

きょうは、いわばリハーサルの日である。

実際は、もっとあとになってからとりくむつもりだった。ほかの懸念がすべて解消され、もっと余裕を持ってシンクロニトに専念できるようになってから。ところが、まもなくショヴクロドンが到着するため、ほかのなによりもこの作業を優先する必要が生じたのだ。帳尻を合わせ、在庫整理をしなければ……ひょっとしたら、シンクロニトをあれやこれや、除去しなければならなくなる。

ショヴクロドンはなんにでも首を突っこむことで有名だ。かれが充分に長く嗅《か》ぎまわれば、アルマダ工兵の共通の利益にならないことを探しだし、それをヴァークツォンの過ちとして非難するかもしれない。

たとえば、アルマダ第一〇三部隊の司令官、ナシュタルのことがある。

さらに、ウム・エーン・エヴォム、セペル・アリオ、カウラミイ、ヴァスクラト、オトム、ハンタウコノポクム、ロッパストラのこともある……名前はなんであるにせよ。それらはヴァークツォンのアンサンブルにおけるスターだ。シンクロニトの同期性を再現するには、ほとんどの場合、ほんの微調整だけですむ。

だが、無限アルマダの賢者種族〝一倍体〟のナシュタルの場合は違った。かれの種族は、みずから〝単純者〟と名乗っている。

たんにつましく暮らし、無限アルマダの技術と偉業に対してわずかな要求しかしないという意味において単純なだけでなく、その有機組織も単相、すなわち一倍体なのだ。

そのため、移動手段と同時に把握器官としても機能する唯一の付属肢しかない。感覚器官もたったひとつのみ。それが視覚、嗅覚、聴覚の役割をはたし、発話を可能にする。

それに対し、精神構造は複雑だ。りっぱな思想家であり、まさしく賢者といえる。

ヴァークツォンは腕をのばし、指でつかむ動作や指をほぐすしぐさをした……両手を振ってみたのだ。身体的には快適だが、精神的にはリラックスできない。まるで、ショヴクロドンに肩ごしに見張られているかのようだ。自身のアルマダ炎が装置のあいだで揺れているだけで、不安になる。

だいたいのところ、すべて順調だ。ペリー・ローダンのシンクロニトのように、わずかな後退例は見られるものの、おおよそのシンクロニトは正常にたもたれている。これらは、アルマダ工兵が無限アルマダにおける支配を引き継ぐXデーにそなえて、確固たるベースとなるのだ。

ヴァークツォンは、制御コンソールのスイッチに触れた。まず、全体の概要を把握する。数日前の最後の操作以来、なんの変化もないようだ。ひとつの問題も記録されていない。制御装置につながれている完成したシンクロニトの数は三百二十七体にのぼるが、まもなく三百二十六体になるだろう。だが、ナシュタルにとりかかる前に、よりかんたんなケースからはじめよう。

ウム・エーン・エヴォムのシンクロニトが収容されたセクターの上で、司令プラットフォームを停止させる。エヴォムは、四千隻ほどの宇宙船でアルマダ第二〇〇一部隊を形成するヴァレイラー種族に属する。

ヴァレイラーは鳥類の子孫だ。もっとも、とうに飛び方は忘れてしまったようだが。ただ色彩豊かな綿毛のような羽毛と、上部付属肢の付け根の翼膜と、鉤爪のような手足の指だけが、鳥類だったことを彷彿《ほうふつ》させる。細く長い脚に、比較的ちいさな球状の胴体。一連の羽の襞《ひだ》飾りのついた長い頸の上に、長く伸びた頭が鎮座する。その半分を、下に曲がった横幅のひろい嘴《くちばし》が占める。

ヴァレイラーは、文化的に非常にすぐれた種族である。ウム・エーン・エヴォムは、種族の文化遺産の第一保護者だ。それゆえ、部隊司令官同様の権力と影響力を持つ。

ヴァークツォンはウム・エーン・エヴォムを個人的に知っている。その組織細胞をみずからとりだし、それにもとづきシンクロニトをつくりだしたのだ。文化遺産の第一保護者はほかのすべてのヴァレイラー同様に虚栄心が強く、とりわけ美しい羽毛を誇る。これに対し、そのシンクロニトはまったく色彩の乏しい羽毛で、頸まわりには毛がない。嘴は奇形で、横に曲がっていた。さらに、クローン化の過程でなにか不具合があったのだろう、片足を引きずっている。ウム・エーン・エヴォムが自身のシンクロニトを見たら、羽を逆立てるにちがいない。とはいえ、目的を達成するにあたり、シンクロニトの外見などどうでもいい。そして、実際に目的を達成したのだ。

ウム・エーン・エヴォムのシンクロニトは、さまざまな技術装置によって仕切られた七メートル四方の空間をあたえられていた。空間のほとんどを制御装置が占める。これにより、シンクロニトを操作するのだ。さらにシンクロニトは、さまざまな色のインパルスをたえず浴びていた。つねに広帯域スペクトルにさらされているため、セクターの上には、正真正銘の虹がかかっている。

　からだのいたるところにたくさんのセンサーが留められ、シンクロニト制御装置とつながっているため、自由な動きが制限される。とはいえ、なんの問題もない。シンクロニトには充分だ。

　きわめて繊細な針十数本でできた櫛が頭部を飾る。この針があらゆる脳インパルスを記録し、制御装置に転送するのだ。また、この針は脳波を望むままに導くインパルスを送りこむことも可能だ。

　とはいえ、制御装置によってシンクロニトを操作できるだけではない。それだけでは、苦労してクローン化する甲斐《かい》がないだろう。

　この制御装置を通じてシンクロニトにインパルスを放射すれば、オリジナルの脳に接触することが可能なのだ。そのさい、距離はなんの障害にもならない。インパルスは、実際にゼロ時間でゴールに到達する超光速のn次元シグナルに変換されるから。このようにして、シンクロニトがあればあらゆる生物を操作するだけでなく、罰をあたえることも、必要とあれば殺すことも可能になる。

　それだけではない。オリジナル本体とシンクロニトのあいだにはフィードバックも生じる。つまり、シンクロニトの反応によって、本体の反応を把握できるわけだ。

通常はプログラミングが制御装置の自動機器に記録され、影響をおよぼす相手に対し〝オルドバンの息子〟の望みどおりに動くよう指示する。そのうえ、シンクロニトは、アルマダ作業工と忍び足によって監視される。それゆえ、ヴァークツォンは、特別な操作が必要な場合のみ介入すればいい。

ヴァークツォンはウム・エーン・エヴォムやほかの数体のシンクロニトに細工し、特定コードを使った場合だけ、その命令を本体に伝えるようにしてあった。これを消去すればいい。そうすれば、ショヴクロドンにおのれの計画を見破られることはない。のちにショヴクロドンがムルクチャヴォルをはなれたら、ふたたびもとの状態にもどせばいいのだ。

ウム・エーン・エヴォムの行動制限を解除するには、いくつかのスイッチを押すだけでいい。ヴァークツォンは、ほかのシンクロニトにも同じ操作をした。自身の独断行動のあらゆるシュプールが消えるように。

あとはナシュタルのシンクロニトだけだが、このケースは、いくらか複雑なのだ。ヴァークツォンがこの〝一倍体〟を自身専属の戦略家にしたため、ほかのアルマダ工兵にはナシュタルを操作することはできない。

そして、ショヴクロドンがこれをよしとするはずがない。

ヴァークツォンは司令プラットフォームをナシュタルのシンクロニトが置かれたセクターに向かわせ、そこで停止させた。

＊

〝一倍体〟のシンクロニトは未発達の付属肢一本だけを持つ。歩行もできなければ、ものをつかむこともできない。胴体は不格好な肉の塊りで、つねに痙攣《けいれん》しながら前後に揺れる付属肢のために、ゆとりをもたせた殻につつまれている。付属肢の動きは、シンクロニトの内部に鬱積した運動衝動の目に見えるサインだ。感覚器官もまた退化し、まったく役にたたない。ただ不明瞭な音を発するだけで。

ヴァークツォンはこのシンクロニトをみずからつくった。クローン化の過程において、完全に意図的に特定の遺伝子を排除したのだ。これが身体的変形を引き起こした。ただ、脳だけは、あらゆる点においてオリジナルの脳と一致する。

ヴァークツォンは自動機器のスイッチを切り、ナシュタルとの直接的ハイパー精神接続を生じさせ、フィードバックを試みた。

殻のなかの不格好な肉の塊りが、はげしく痙攣する。からだのもっとも高い位置に埋められた多重臓器が開き、黄色がかった液体が流れでてきた。付属肢がさらにはげしく揺れはじめ、たいらな足の先端がまるで硬い物体をつかむかのようにこわばる。

ナシュタルとのコンタクトが確立された。ヴァークツォンはフィードバック値を読み、これを映像と音声に変換する。シルエットがモニターにあらわれた。本体の幻影だ。そこから、ナシュタルが身動きもとれず、車椅子にすわっていることが見てとれる。この身体的障害は、シンクロニトのフィードバックがオリジナルにおよぼした影響の結果だ。ヴァークツォンはこれを意図したわけではないが、それでも防ぐことができなかった。

ナシュタルの思考はn次元シグナルでシンクロニト制御装置に送られ、これにより音声に変換される。

「ああ、ヴァークツォンがわたしのことをふたたび思いだしたようだ」と、スピーカーから聞こえてくる。この〝一倍体〟は、ヴァークツォンがシンクロニトを通じて会話できるわずかな相手のひとりだ。「こんどは、どのようなわが知恵が必要なのか？　オルドバンの地位につくには、なにをしなければならないかを知りたいのか？」

「いやみなど、すぐにいっていられなくなるぞ」と、ヴァークツォン。「あんたはまもなく死ぬのだ。あんたの援助をシンクロニトなしでも受けられる方法を考案しないかぎり」

ヴァークツォンは〝一倍体〟とその艦がアルマダ部隊の中央にあることを、とどくデータから読みとった。ナシュタル自身は車椅子にすわり、司令室でほかの多数の同胞にかこまれている。

ヴァークツォンはすでに、この　〝一倍体〟がどこから車椅子を入手したのか突きとめようとしたもの。ナシュタルは、アルマダ作業工につくらせたと説明していた。だが、これをうのみにはできない。思うに、ほかのアルマダ部隊のエンジニアにつくらせたのだろう。とはいえ、これを証明するものは見つからない。

「きみがシンクロニトなしでわたしを操作する方法なら、わかると思う」ナシュタルがやや長い沈黙のあと告げた。そのさい、シンクロニトは身じろぎもしない。「きみはわが肉体を、あるいはわが頭脳だけを成長させることができるのではないか。アルマダ工兵は巨大発育の秘密を知っているにちがいない。かつてクラスト・マグノやクラスト・ヴェンドル、ほかのすべてのクラストをつくりだしたのは、きみたちではないのか？」

ヴァークツォンはなにもいわない。ただ、ナシュタルが口を閉じるとシンクロニトがふたたび動き、まさに痙攣状態におちいるのに気づいた。〝一倍体〟がまた口を開くと、シンクロニトはふたたび動かなくなる。

「きみはクラスト・ナシュタルの創造者となり、これを難攻不落な要塞へと発展させるかもしれない」ナシュタルがさらにつづける。「わが脳は宇宙船サイズとなり、わが天賦《てんぷ》の才もその規模にいたる！　きみはアルマダ中枢よりも強大となるだろう、ヴァークツォン」

「魅惑的な考えだな」ヴァークツォンが、同時に一連の計算をしながらいった。ナシュタルのシンクロニトが、ますますはげしく痙攣しはじめる。突然、付属肢で殻を突き破ると、床に音をたてて転がり落ちた。

ヴァークツォンは、驚きながらも確信する。このインパルスはナシュタルからきたものだ。

「なにをたくらんでいる、いまいましい〝一倍体〟よ！」ヴァークツォンが声を荒らげた。

「わたしが？」ナシュタルがたずねた。「わたしになにができるというのか。運命を万事きみの手にゆだねているのに……」

ナシュタルが黙ると、シンクロニトが再度暴《あば》れはじめた。それどころか、いくつかの接触コードをはずすことにも成功。ここでヴァークツォンはナシュタルの意図に気づいた。おそらく車椅子のしかけによって、どうにかしてシンクロニト制御装置に思考命令を送り、シンクロニトに伝達する、つまり、フィードバックを返すことに成功したのだろう。

「ナシュタル、運命を万事わたしの手にゆだねているといったな」ヴァークツォンが声を荒らげ、致死性インパルスをはなった。

シンクロニトがまたはげしく抵抗する。すべての身体機能が停止したにもかかわらず、一瞬、付属肢で立ちあがり、その場にくずおれると、動かなくなった。

ナシュタルのシルエット映像が消え、脳波がしだいに弱まっていく。〝一倍体〟は、シンクロニトと同時に息絶えたのだ。

これで、この件は解決した。ナシュタルの問題はもう存在しない。この〝一倍体〟がはたして、シンクロドロームの存続を脅かすことができたかどうかはわからない。それでも、ナシュタルが自身のシンクロニトを支配する力を得たという事実だけでも、ヴァークツォンは不快感をおぼえる。とりあえず〝一倍体〟とは距離をおこう。かれらを今後操作する場合には、さらなる防衛策を講じなければ。

警報が鳴った！

最初ヴァークツォンは、これが〝一倍体〟の件によって遅ればせながら発せられた誤報だと思ったもの。

ところが、アルマダ作業工から報告を受けた。シンクロドロームに侵入者が忍びこんだらしい。どうやら、グーン・ブロックからステーション基礎部への侵入に成功したようだ。いまや、武器行使により上層階に向かう進路を確保し、まるでシンクロドロームを征服しようと決心したかのごとく粘り強く行動している。

ヴァークツォンはまもなく、侵入者の戦闘力をたしかめた。監視装置が最初の映像を送ってくる。侵入者は運搬シャフトの輸送プラットフォームでまさに上層階に向かい、シンクロニト専用デッキに接近していた。

ヴァークツォンは驚きながらも確認する。アルマディストだ。細くちいさな胴体、グリーンの肌に四本の腕、二本脚を持つ。戦闘服のかわりに、一種の金属装甲を身につけていた。そこには武器も装備されている。

「スレイカーだ！」ヴァークツォンが思わず口にした。まちがいない。侵入者はアルマダ第三七七三部隊の戦闘種族のメンバーだ。ヴァークツォンは知りすぎるほど知っている。スレイカーは無限アルマダにおいて、比類なき生来の戦士なのだ。

そういう理由があって、アルマダ工兵はスレイカー有力者のシンクロニトをつくることに最大の価値をおいていた。この方法でバイオ技師でもある医師ランカルと、すこし前から司令官ヴランバルも操作できるようになったことを、ヴァークツォンは思いだした。それゆえ、よりによってスレイカーがムルクチャヴォルに侵入したことにさらに唖然とする。

つまり、アルマダ第三七七三部隊とその司令官のしわざだろう！　ヴァークツォンは制裁方法について考える前に、ヴランバルのシンクロニトとの接触を確立させた。

司令プラットフォームがヴァークツォンを、近ごろスレイカー司令官のシンクロニトが制御装置につながれたセクションに運ぶ。確認したところ、制御装置は作動しているものの、まだプログラミングが完了していない。

スクリーンには、スレイカーが培養装置のならぶデッキに到達し、一名の忍び足を人質にとるようすがうつしだされていた。よりによって、ペリー・ローダンのシンクロニトを担当する細胞学者、ダム・クラスールだ。

ヴァークツォンは、培養装置を危険にさらさないため、ひとまずさらなる戦いを避けるよう、アルマダ作業工に命じた。同時に、ヴランバルとのシンクロン接続を確立し、この奇襲がなにを意味するのか、司令官から情報を得ようとした。この突撃隊が、司令官のあずかり知らぬところで動いているとは、考えられない。スレイカーには、きびしい規律があるのだ。

シンクロン接続がたちまち確立された。ところが、ヴァークツォンはすでに最初のインパルス分析で気づく。なにかがおかしい。

受けるインパルスは、信じがたいほど強く、まるで発信者がごく近くにいるかのようだ……シンクロドロームに隣接する宙域に。あるいは、ムルクチャヴォル内部に！

この恐ろしい疑惑は、すぐに判明した。ヴランバルはシンクロドローム内にいて、スレイカー戦士グループをひきいている！

司令官はダム・クラスールに、おのれのシンクロニトがつくられた第四十培養装置まで案内させた。もちろん、培養装置がもぬけの殻だとわかったようだ。激怒のあまり、スレイカー司令官は忍び足に武器を向け、処刑しようとする。そこでヴァークツォンは介入した。

シンクロニトを操作し、降伏するようスレイカーに命じたのだ。ヴランバルはこれにしたがわなければならず、戦士たちにこう告げた。

「ほかに選択の余地はない……ヴァークツォンと交渉しなければ」

これで、この件は落着したが、ヴァークツォンは疑問に思ったもの。これはナシュタルの反乱となにか関係があるのか。それでも、関連性が見つからず、この類似を偶然の一致とみなす。

ヴァークツォンはアルマダ作業工にスレイカーを武装解除させ、連行させた。あくまで捕虜になったとは思わせないようにする。かれらを拘禁し、スレイカー強化装置をはずさせたら、ヴランバルと話をしよう。

ところが、それにはいたらなかった。ここで、ショヴクロドンが到着したとの報告が入ったのだ。

＊

「ムルクチャヴヴォルは、戦場のように見えるが」ショヴクロドンは挨拶がわりにいった。

「戦闘があったのか？」

「一アルマディストが、自身のシンクロニトに近づき、破壊しようとしたのだ」ヴァークツォンが告げる。「だが、この問題は解決した」

「それでも……似たようなことが起きるかもしれない」ショヴクロドンがとがめるようにいう。

「この件について報告書を提出するつもりだ」と、ヴァークツォン。「次の会議で、わたしの不注意のせいかどうか、判断してもらおう。ムルクチャヴォルはもっとも安全なシンクロドロームのひとつなのだ」

ショヴクロドンは、どうでもいいといったように手を振り、

「事態を大げさにするつもりはない。われわれには、より重要な案件がある。わたしがテラナーの一指揮官から採取した細胞組織の話だ。クローン化過程をすぐに開始し、ローダンのシンクロニトの発達段階に追いつくよう、加速してもらいたい」

「すでに、ローダンの隣りに培養装置を用意させた。両シンクロニトを並行して成長させるために」と、ヴァークツォン。「わたしが、みずから準備作業を引きうけよう」

「いまのは聞きちがえか?」ショヴクロドンが驚いたようすで応じた。「きみは忍び足を高く評価していると思っていた。それなのに、きみ自身が作業にあたりたいと?」

ヴァークツォンは躊躇した。ここで本当の理由を告げるべきか。

「ローダンのシンクロニト担当のダム・クラスールという忍び足が、非番なのだ」と、告げた。「かれは伴侶を見つけ、息子をもうけることに決めたようだ。いま、その儀式の真っ最中だ」

「きみを非難したくはないのだが」と、ショヴクロドン。「思うに、きみは忍び足たちをあまりに自由にさせすぎる。おかげで、かれらは筆舌につくしがたいほど祖先崇拝に夢中だ。系譜を書きつづったペナントと旗がきみの司令センターに持ちこまれないのは、奇蹟的といえよう。かれらは大食漢で、子づくりに夢中だ！　そもそも、忍び足にまだシンクロニトに従事する時間があるのは驚きだな。なのに、きみはかれらの家族計画儀式を尊重するわけか。ほかに緊急案件があるというのに。それはいきすぎというもの、ヴァークツォン！」

「忍び足たちはいい働きをする。これ以上の遺伝子エンジニアは見つからないだろう」と、ヴァークツォン。「とはいえ、かれらが優秀なのは、わたしがある程度その慣習を容認しているからこそ。さらに、きみがあざわらう家族計画によって、遺伝子選択が可能となる。これは完璧な遺伝学だ。忍び足のあらゆる新世代はそれまでの世代以上の天才をもたらすだろう。それは、結局のところ、われわれの利益となるのだ」

「かれらがきみの手に負えなくなるのではないかと恐れている」と、ショヴクロドン。「それはわれわれ全員にとり、憂慮すべきこと。きみは手綱をしっかりと締めなければ。才能ある遺伝子専門家であるかれらは、われわれに楯つく力を持つ子孫を生みだすこともできるわけだ。忍び足がこれに関する自由裁量権と自決権を持てば大変なことになる。きみは、かれらのつくりだす子供がどのような素質を持つべきか、明確に指示すべきだ。

さもないと、いつの日かきみの知らないうちに、非の打ちどころのない忍び足の〝クローン〟が誕生するだろう」

ショヴクロドンの言葉にヴァークツォンは驚愕した。まさにそれこそが、すでに的中していたから。いまになって、偽って表記された培養装置のことをふたたび思いだす。そこで生育中なのは、プシュートのシンクロニトではなく、非の打ちどころのない忍び足のクローンなのだ。

ショヴクロドンの到着前にこの忍び足のクローンを排除しておくべきだった。もし自身の予言が的中したと知れば、ショヴクロドンはこちらに圧力をかけてくるだろう。

腹がたつ。この問題を解決しようと、なぜ手遅れにならないうちに考えなかったのか。なにが起きているか気づかせずに解決する方法を、ショヴクロドンの目の前で見つけなければならない。

「忍び足をあつかうわたしのやり方は、それなりの効果があったと思う」と、ヴァークツォン。「とはいえ、きみの思いどおりにするがいい。わたしも考えなおし、ダム・クラスールがただちに職務にとりかかるよう、とりはからうから」

「あまりきびしくあたりすぎないように」と、ショヴクロドン。こんどは、その声にはあからさまな嘲笑の響きがふくまれていた。

7

儀式は、ひろい余暇室でおこなわれた。休暇をとることのできた種族の有力者がすべて集まっている。五本脚のテル・コナテとそのライヴァル、アロス・ダシャンの姿もあった。ダム・クラスールはこれを大変光栄に感じたものの、いささか気になる点がある。両者とも〝やや過激派〟として通っていたので。

サル・サラッサンが、式典の進行役をつとめる。

「ダム・クラスールは、おのれの精子をアマ・タローンの卵子とともに試験管に入れ、息子を誕生させることを決意した。ここにかれの遺伝子カードがある」サル・サラッサンはダム・クラスールの遺伝子サンプルのフォリオを全員に見えるよう、かかげてみせた。そして、二枚めの遺伝子カードをとり、もう片方の手でかかげ、つづけた。「ここには、かれが息子に受け継がせたいと望むとおりに調整した遺伝子カーブが描かれている。かれが望まない遺伝子を除去し、劣った性質のいくつかを排除した。たとえば、大きすぎる畏敬の念、内気さ、支配者に対する卑下感情などだ。欠けているのは英雄的資質、同胞種族に対する篤《あつ》い信頼、この信頼をあらゆる状況においても保証する意志などだが、これらの性質は遺伝子挿入により、息子のなかで呼びさまされる。いつか、われらが種族にふさわしい代表者、種族全体の偉大な息子、不世出の遺伝素質のにない手となるように……」

部屋の奥では、忍び足が数名、すでにおちつきを失いはじめた。空腹なのは明らかだ。おいしそうなごちそうがたくさんならんだテーブルに殺到する。ダム・クラスール自身さえ、サル・サラッサンのもったいぶった金切り声にさらに耳をかたむけるより、祝宴の食卓に向かいたい。それでも、アマ・タローンのためを思ってがまんする。

「そしてアマ・タローンは、みずからのうながしにより、おのれの卵子がダム・クラスールの精子と試験管内で出会うことを達成し……」

ばかばかしい！　ダム・クラスールは思った。この儀式が終わる瞬間が待ち遠しい。それでも、まだ当分つづくだろう。サル・サラッサンは、いま祖先礼拝をはじめたところだ。両家の系譜マント、系譜を書きつづった旗やペナントをならべて重ね、両家の祖先のモットーを読みあげて……

式典がクライマックスに達し、系譜学者で神秘主義者のサラッサンが卵子と精子の入った指ほどの大きさの容器を婚姻の象徴としてならべて置いたとき、ダム・クラスールはほっとして呼吸スリットを閉じた。まもなく、ふたりの額を接触させ、四つの目すべてで見つめあい、前方にかたむけられた頭上でふたりのアルマダ炎がほとんど接触しそうになるだろう。それから、ついに食卓の出番だ。そして、からだの飢えが満たされたら、感情の渇望に身をゆだねるのだ。

すると、ここで信じがたい事件が起きた。

背後で、ドアが音をたてながら開いたのだ。その場にいあわせた参列者のあいだにざわめきがひろがる。まもなく、黒い服を着用した銀色の姿が儀式テーブルに近づいてきた。

ヴァークツォンだ！

「この怠け者の最下層民！」

銀色人がテーブルをこぶしでたたく。新郎新婦の生殖細胞の入った容器をつかんでポケットに入れると、ふたりの祖先の遺物を引き裂き、マントと旗の破れた切れはしを投げ散らかしはじめた。ほかの忍び足たちはその場をはなれ、ほとんどパニックに駆られたように逃げだす。

「きみたちはまるで獣のようだな！」ヴァークツォンは叫んだ。「大食らいで、欲望のなすがままだ。そして快楽にふけるあいだ、作業をおろそかにする」

アルマダ工兵は祝宴のテーブルに駆けよると、ならぶごちそうをブラスターで一掃した。

「ヴァークツォン、こんなことをしてはいけません……」と、ダム・クラスール。

アルマダ工兵は相手に跳びかかると、仮借なく口をふさぎ、

「黙れ!」と、どなりつけた。「もうたくさんだ、忍び足。ようやくいま、わたしという者がわかるだろう。祝宴はもう終わりだ、ダム・クラスール。任務がある。きみ自身の子供を培養するかわりに、わたしのためにシンクロニトをつくれ。それが完成してはじめて、あらためて休息をとるがいい」

ダム・クラスールは、もう世のなかがわからなくなった。これまで、ヴァークツォンがこのようなふるまいをしたことはない。その逆だ。つねにダム・クラスールの働きぶりに満足しているといっていた。なぜ、これほど突然に心変わりしたのか?

「だが、作業にとりかかる前に、ある培養装置の失敗作を破壊してもらおう」と、ヴァークツォンがどなりつけた。いまだにダム・クラスールの顔の下部分をつかみ、手で口をふさいでいる。「ついてくるのだ!」

ダム・クラスールはこれにしたがうしかなかった。ヴァークツォンに無理やり引っ張られていたから。一培養装置の前までくると、ようやく解放された。

"グレンド・ハール、プシュート、クラスト・マグノ、アルマダ第七三八一部隊"

「このプシュートのシンクロニトは失敗作だ」と、ヴァークツォン。「これをわたしの面前で破壊しろ。さ、すぐにとりかかるのだ」

ダム・クラスールは、不安そうにアルマダ工兵を見つめた。その銀色の顔は無表情なままで、なにも読みとることができない。とはいえ、ヴァークツォンが欺瞞《ぎまん》を見ぬいたのは疑いの余地がない。アルマダ工兵は知っているのだろう。この培養装置にはダム・クラスールの種族のクローンが横たわることを……さらに、これはシンクロニトではなく、作製が禁じられているほんもののクローンなのだ。

〝遺伝子専門家が自身のクローンをつくることは禁じられている。これに背けば、死刑だ！〟

ダム・クラスールは、これまで充分すぎるくらい何度もこれを聞かされていた。

死刑だと！　子孫問題を解決する前に、死ななければならないのか？　わが家系は、ここで突然にとだえるのか？

「きみがこのできそこないのシンクロニトを自身で破壊しないのなら」と、ヴァークツォン。「わたしがかわりに破壊しよう」

そう告げ、培養装置の蓋を開けると、ブラスターを向け、ジーン・デムードが跡形もなく消え失せるまで、発射しつづける。忍び足の始祖を再生できる細胞はひとつものこらなかった。ひょっとしたら、サル・サラッサンが始祖の細胞の予備をまだ持っているかもしれない。それがせめてものなぐさめだ。とはいえ、始祖のクローンにふたたび着手できるようになるまで、多くの時間がかかるだろう。

「これでもう〝プシュート〟のクローンが誕生することはない!」と、ヴァークツォン。「わかったか、ダム・クラスール? それから、この〝プシュート〟の細胞の予備をすべてわたしにさしだすように。このような失敗作は許すわけにはいかない。いいな?」

ダム・クラスールは、いまだに口がきけない。サル・サラッサンに諭されたように、種族を圧制する者に対する憎悪のようなものが芽生えたことをはじめて確信する。

「さ、作業にもどれ、ダム・クラスール」と、ヴァークツォン。「きみを四六時中監視させるからな。こんど、どんちゃん騒ぎの現場を押さえたら、ただではすまないぞ」

ダム・クラスールにはひとつ腑に落ちないことがあった。なぜ、ヴァークツォンはジーン・デムードに関するあらゆる情報を絞りだすためにきびしく尋問しないのか? つまり、このクローンの本当の意味をわかっていないとしか考えられない。

くわえていえば、ショヴクロドンがシンクロドロームに到着したせいもある。ヴァークツォンはどうやらこの件を大事《おおごと》にしたくないようだ。ほかのアルマダ工兵から非難されないように。

おそらく、その状況のおかげで自分は命びろいをしたのだろうと、ダム・クラスールは思った。とはいえ、まったく安心するわけでも、感謝するわけでもない。

ただ、憎悪が高まるだけだった。

＊

「アマ、状況がおちつくまで家族計画を延期しなければならない」と、ダム・クラスール。妻がラボを訪ねてきたのだ。「すくなくとも、このシンクロニトを完成させるまで」

「またテラナーなの？」妻はたずねた。家族計画の話はしたくないようだ。あの事件以来、ヴァークツォンがふたりの子供のために試験管を使わせないのではないかと考えて、がっかりしているから。とはいえ、すくなくともいっしょの個室を許された。

「ああ、テラナーだ」と、ダム・クラスール。「それ以上のことは、わたし自身も知らない。ショヴクロドンは、クローン化過程にわたしがかならずしも必要としない情報はすべて伏せている。ヴァークツォンに対しては、ただこうほのめかしていた。これがいわゆる銀河系船団に所属する指揮官で、ペリー・ローダンに次ぐほど主要な地位のテラナーのものだと。つまり、重要人物だ。失敗は許されない」

「なにか手伝える？」と、アマ・タローン。

ダム・クラスールはしばらく考え、告げた。

「そうすれば、きっとヴァークツォンの気にいらないだろう。ひとりにしてくれ」

妻が悲しそうにラボを出ていくようすを、後方の一対の目で見守った。がっかりしているだろう。それでも、彼女の申し出を断った本当の理由を明かすわけにはいかない。この件に巻きこみたくないのだ。

作業に不要なすべての思いを頭のすみに追いやり、ポジトロン顕微鏡に向きあった。輝くモニターには、そこに置かれた細胞サンプルが大きく拡大されてうつる。はげしい放射とさまざまなほかの刺激インパルスに対する細胞組織の反応を読みとるために、いくつか実験をしたもの。有糸分裂をさせようとしたが、細胞は分裂するかわりに、死んでしまった。

ローダンの細胞に同じ実験をしたところ、同じ結果が出たことを思いだす。なぜ、テラナーの細胞というものは、ほかの種族とまったく違った反応をしめすのか？　かれらのことはさっぱりわからない。まったく予測できないのだ。すくなくとも、ローダンのシンクロニトで得た経験値をもう一名のテラナーに生かすことはできるが。

このようにしてダム・クラスールは、成長加速装置を用い、かなり早く最初の三つの発達段階を終えた。そして、次の段階にうつる。終期だ。

培養装置を一瞥して、驚いた。新しいテラナーのシンクロニトの未完成の顔に、傷跡のような膨らみがあるのだ。まるで皮膚細胞が悪性の癌腫に変性したかのようだ。

それでも、ラボでの試験結果により、これは制御不能な突然変異ではないと判明。細胞自体がこのような膨らみの情報を遺伝子に持っていたのだ。

このテラナーは、過去のいつかに、命に関わるような伝染病にかかったにちがいない。この危機的状況を生きのびたものの、傷跡がからだにのこったのだ。感染菌はいまだに細胞内に存在するが、ふたたび発症しないよう閉じこめられている。

結局、その情報がまだ細胞内にあるわけだ。それが特定の分化、とりわけ顔の皮膚細胞に成長すれば、突然変異となる。その結果、傷跡のような膨らみが顔に生じたということ。

ダム・クラスールは、新参テラナーのシンクロニトを〝あばた顔〟と名づけた。培養装置にもどり、助手二名に自身の最新認識について話してきかせる。それから、ヴァークツォンに許可されて、短い休憩をとった。

この時間を利用し、シンクロニト・ドームにおもむき、ある計画を胸に秘めて特定のシンクロニト制御装置に向かった。その計画に文字どおり駆りたてられたのは、ヴァークツォンが家族計画儀式の最中にどなりこみ、始祖のクローンの再生を禁じたさいのこと。それ以来、あのアルマダ工兵に対する憎悪はしだいに増していた。これまで自身も知らなかった。おのれにレジスタンスの闘士つまり破壊活動家になる才能があるとは。

とはいえ、スレイカーとのコンタクトにも触発されたのだ。

*

それは、侵入者が捕まり、儀式が中断されたすぐあとのことだった。

ダム・クラスールは自身とアマ・タローンの祖先の遺品を保管するため、みずからの個室にもどるところだった。すくなくとも、これはヴァークツォンが許してくれた。住居セクターを通ってもどるあいだ、スレイカーが収容された区域を通過する。

ここでヴランバルと遭遇したのだ。だが、ダム・クラスールは驚かなかった。スレイカーはシンクロニトの影響下にあるため、見張りを必要としないから。

「きみは、ダム・クラスールだね」と、ヴランバル。補強の金属装甲はすでにとりはずされ、からだをかたむけながら、足を引きずっている。シンクロニトの影響を受けているのだろう。

ダム・クラスールは、突然、この戦士に同情をおぼえた。正確にいえば、自分はかれの運命に責任があるのだ……シンクロニトをつくったのは、おのれとほかのすべての遺伝子エンジニアなのだから。

「ああ、そうだ」と、ダム・クラスール。

「わたしはもうきみをまったく恨んではいない」と、ヴランバル。アルマダ炎が頭の動きに合わせて揺れる。「きみがしたことは、名誉を傷つけるものではまったくない。わたしにはわかった。アルマダ工兵には望み高き目的があるのだ。かれらは無限アルマダを滅亡から救うことができるだろう。われわれ、そのためにはあらゆる犠牲をはらわなければならない」

ダム・クラスールのなかで、なにかが縮みあがった。みじめな気分が増していく。肉体的・精神的腐敗が進んでいくこのスレイカーの運命を目《ま》のあたりにし、ようやくわかった。この実直なアルマディストに対し、なんという罪をおかしてしまったのか。

シンクロニトが存在しなければ、ヴランバルはいまだに、アルマダ工兵との戦いをひきいることさえいとわない誇り高き戦士だっただろう。ヴランバルが自身の主《あるじ》であったなら、シンクロドロームへの突撃を再開しただろう。だが、かれのシンクロニトがそれを妨げる。

〝忍び足など、無限アルマダの墓掘りだ！〟はじめて遭遇したとき、ヴランバルはそう告げた。そして、この言葉がいまダム・クラスール自身のなかで動きはじめる。

「あなたはもう、われわれ忍び足が科学の衣をまとって不快な犯罪を重ねているとは思わないのか？」ダム・クラスールはたずねた。

「そう思ったことは一度もない」と、スレイカー。「わがアルマダ部隊にもどったなら、部下にアルマダ工兵のための作戦行動の準備をさせよう」

「いっそのこと、あなたの四肢ぜんぶで殴ってもらいたいくらいだ、ヴランバル」ダム・クラスールは最後にそう告げると、作業にもどった。

それ以来、ふたたびスレイカーとの接触をはかろうとはしなかった。それでも、匿名のメッセージを送り、スレイカー強化装置がどこに運ばれたかを知らせておく。スレイカーたちがやがて解放されるであろうことも。

ダム・クラスールはこのときから、ある計画を練ってきた。いまこそ、この計画を実行すべきときだ。

ヴァークツォンがショヴクロドンと話すために引きこもり、シンクロニト・ドームを見張れなくなる、そのときまで待った。アルマダ作業工による危険はない。ロボットはダム・クラスールを認識し、なかに通した。そのままなにごともなく、ヴランバルのシンクロニトが制御装置につながれているセクターに到着する。

なんてみじめな姿なのか！　このシンクロニトは人工器官をまったく持たないため、ほかのシンクロニトよりも、さらにオリジナルとは似ていない。ヴランバルのからだは三十パーセントの機械部品からなるが、これらはクローン化できないのだ。こうして、スレイカー細胞の遺伝子情報に忠実に、百パーセントの有機生物がつくられる……まったくあわれな生物が。

すべてのシンクロニトがいかにあわれな存在なのか、ダム・クラスールはようやくいまわかった。自身のおこないを恥じる。

わたしは無限アルマダの墓掘りだ……

「いや、墓掘り〝だった〟のだ」自身の誤りを訂正する。

シンクロニト制御装置に近づくと、重要な接続を解除した。これでもう、正常には機能しない。それから、栄養供給を断ち、最後にインパルス照射のためのエネルギー供給を妨害した。

そしてしばらく待ち、スレイカーのシンクロニトがどんどん衰弱していくようすを自身の目で見守る。最後に、ショートを起こさせると、火災が発生。これで、破壊工作のすべてのシュプールが消えてなくなるだろう。

こうしてようやく、ラボにもどる。緊張が解け、ほっとした。ひょっとすると、この行動が、種族の考え方をあらためさせる発端《ほったん》となるかもしれない。

さらに一歩進め、自身の考えを……シンクロニトというクローンに関する道徳的懸念を、テル・コナテとアロス・ダシャンに伝えてもいい。友に提案するのだ。ともに力を合わせ、アルマダ工兵に対して連合戦線をつくろうと。そして、始祖のクローンだけでなく、特別な遺伝子プログラミングで多数の忍び足のクローンをつくろうと。

身体的抵抗力を持つ強靭な忍び足をつくり、卓越した精神力と信じがたい攻撃本能で、アルマダ工兵に立ちむかうのだ。

培養装置にもどると、自身を行動に駆りたてた衝動をもうなにも感じなかった。おだやかで冷静な気分だ。まさに鈍重といったところ……いかにも忍び足らしい。

8

ヴランバルは突然、自由になった気がした。まるで悪夢から解放されたかのようだ。まだすこし疲労を感じる。どうやら、自身のモーターは遠隔操作によって速度を落とされたらしい。それでも、状況がわかると、攻撃性が徐々にふたたび目ざめた。突然に生じた運動衝動によって本性をあらわさないよう、抑制剤をのまなければならないほどだ。自身になにが起きたのかは、よくわからない。それでも、これまでの無気力状態はひたすらシンクロニトのせいで、それがいま破壊されたのだと推測できる。

遅れをとりもどすのにまだまに合う……それでも、どのような状況の変化で、また自由をとりもどせたのか？　これはアルマダ工兵の罠なのか？

ヴランバルは仲間の戦士たちが収容されている大部屋におもむいた。驚いたことに、ドアの前にはアルマダ作業工の見張りの姿がない。ドアを開け、なかに足を踏み入れようとしたとき、完全武装の一スレイカーが突然、跳びかかってきた。スレイカー強化装置による俊敏さのため、ヴランバルは防御態勢さえとれない。部屋に引きずりこまれ、仲間にかこまれた。全員がスレイカー強化装置を身につけているではないか。

だが、八名の姿しかない。ヴランバルは周囲を見わたし、たずねた。

「サルラグはどこだ？」

「作業工の搬送体に入ったまま、ずっとわれわれがもどるのを待っています」坑道兵のアルニボンが応じた。「司令官自身が、サルラグをそこにとどまらせたのです。おぼえていないので？　これでもうかれも、長いこと待たなくてすみますね」

「爆弾はあるか、アルニボン？」ヴランバルが坑道兵にたずねた。

「ある場所でわれわれの装備すべてを見つけましたが」と、アルニボン。「爆弾だけはありませんでした。あなたの強化装置もあります、ヴランバル。ただ、残念ながらもう必要ないでしょう。あなたがシンクロニトの影響下にあることはわかっています。だから、あなたを眠らせることにしました……」

「おろか者！」ヴランバルが坑道兵をどなりつけた。「わたしが自由になったのがわからないのか？」

そう告げると、左腕一対をのばし、戦士の顔を下から殴ろうとする。ところが、強化装置のおかげでアルニボンは機敏な反応を見せ、こぶしを避けることができた。

「しっかりしろ、スレイカーたちよ」リーダーは唖然とする部下たちを叱責した。「まるで未開種族の群れのようだぞ。手遅れにならないうちにわたしがもどり、指揮を引き継ぐことができたのはさいわいだった。わたしの強化装置をくれ」

「どうすればそれが可能だったので？」ランナムが疑うようにたずねた。「どのように、シンクロニトの影響を逃れることができたというのです？」

「では、どうやってきみたちは強化装置を見つけたのだ？」ヴランバルがたずねかえす。

「匿名の情報を受けて、強化装置をとりにいったのです」と、ペンケロル。

「もう一度よく考えてみるのだ、おろか者よ。だれがわれわれの支援者になりえるのか」と、ヴランバル。部下たちはなにもいわない。そこで先をつづけた。「このシンクロドロームにたった一名でも友がいるというのか？　いや、いない。われわれが逃げることでだれが得をする？　つまり、ヴァークツォンのしわざとしか考えられない」

「ですが、なぜ、あのアルマダ工兵があなたのシンクロニトのスイッチを切り、われわれの脱出を援助しなければならないのでしょう？」ナンゲラがたずねた。

「戦士だから考える必要がないというならば、命令をよく聞かなくてもいいことになるぞ」ヴランバルが毒づいた。「だが、ときおり戦士だって脳を使わなくてはならん。あのいまいましい従属種族が、われわれすべての細胞サンプルを採取したとは考えられないか？　おそらく、すでにきみたち全員のシンクロニトを誕生させただろう。ヴァークツォンはわれわれを自由だと信じこませ、アルマダ部隊に帰還させるつもりだ。だが、いつかシンクロニトが重大な結果を招くような行動をとり、われわれ全員にヴァークツォンの意志を強制するだろう。これがアルマダ工兵の計画だ！」

「では、それに対しどうすればいいので？」と、アルニボン。

「さて、どうしたものかな」ヴランバルがからかうようにいう。「このシンクロドロームを一掃するのだ。たとえムルクチャヴォル全体を吹き飛ばすことができなくとも、われわれの突撃後は、アルマダ工兵には遊び場がもう見つからなくなるだろう」

スレイカーたちは、勝利の雄叫《おたけ》びをあげた。

ところが、この高揚した気分が警報に中断される。

「この警報はわれわれに対してでしょうか？」と、ペンケロル。

「そうならば」と、ヴランバル。自身に力がみなぎるのを感じ、単独でシンクロドロームを破壊できそうな気がした。「さ、出撃だ、戦士諸君！」

これは、ヴランバルの戦闘日誌の数ページを次のように埋めるためにはうってつけの出撃だった。


監禁室のドアを開け、戦士二名が飛びだした。敵の注意をそらし、先陣を切るためだ。二名があとにつづき、後方支援にあたる。

だが、そこに敵の姿はなかった。アルマダ工兵の作業工もいない。つまり警報はわれわれに向けられたものではなかったわけだ。謎だ。ひょっとしたら、ストッサーが援軍として送ってきた小艦隊がムルクチャヴォルを攻撃したのかと思ったが、その徴候もまったく見られない。

住居区域になだれこむ。だれもいないようだ。ここにさらにとどまっても意味がない。なんの成果もないだろう。上層に行かなければ。培養装置に、シンクロニト・ステーションに、そして、ヴァークツォンの本拠地に向かうのだ。アルマダ工兵との決闘だ！　そのチャンスはいつ到来するのだろうか。

今回は輸送シャフトを使わなかった。二度同じ方法で敵地に踏みこんではならない。忍び足用のリフトも使わない。アルニボンが発見した非常階段がまさに適切だろう。わたしが先陣を切り、アルニボンがしんがりをつとめた。つねに十段飛ばしで階段を駆けあがる。階段はたがい違いにずれていた。六本脚生物のためにつくられたようだ。

ついに最上段に到達する。階段の終わりには、培養装置のならぶデッキがあるにちがいない。目の前に通廊が出現。忍び足一名が近づいてくる。わたしを見てぎょっとし、逃げようとした。だがそのチャンスはない。相手をつかんで引きよせた。だが遺憾にも強くつかみすぎたため、頭部が突然ねじまがり、四つの目の視界が断たれた。階段に相手を押しやると、あとにつづく部下たちに先を急ぐよう指示する。通廊の突き当たりに到達したところで、ふたたび従属種族が側廊からあらわれた。

恐ろしいしわがれ声を発している。顔の下のほうにある口をふさいだ。こんどはより慎重につかむ。

どこに培養装置があるのか、警報がなにを意味するのか、知りたい。相手はハッチをさししめした。その向こうにはクローン装置がならぶ。なるほど、シンクロニト・ステーション内の火災が警報を引き起こしたのか。一シンクロニトが完全に破壊され、ほかにも巻き添えが出たそうだ。火災は鎮火した。〝殺された〟のは……たしかに忍び足はそういった……わたしのシンクロニトらしい。火災の原因は破壊活動だった！

つまり、やはりストッサーの突撃部隊か？　いや、シンクロドロームにはほかにスレイカーの姿はない。ヴァークツォンは荒れ狂っている。われわれの逃亡にはまだまったく気づいていないというのに。謎につぐ謎だ。さらに進む。従属種族は意識を失ってその場に倒れこんだ。徐々に怒りが増してくる。ハッチをこじ開け、一台めの培養装置を見つけたとき、わたしの自制心もとうとうつきた。

散開せよ、戦士たち。培養装置を開け、シンクロニトを解放するのだ。混乱を引き起こすだろう。

先を急ぐ。すると、忍び足三名が目の前に出現。そのうちの一名がわたしのことを知っていた。わが名を呼んだのだ。そしてみずから名乗った。ダム・クラスールと！

あの細胞学者か？

とうとう、思うぞんぶん憤激をぶちまけることができる。相手に襲いかかった。血が煮えたぎる。ずたずたに引き裂いてやりたい。これまでつねにいってきたように、犯罪を命じる者よりも、それを実行する者のほうが罪は重いのだ。ダム・クラスールをそう叱責する。相手は慈悲を請い、改心したと誓ったが……言葉はしわだらけの口の皮膚膜の上で消えた。細胞学者は死んだのだ。当然の報いだ。ダム・クラスールを助けようとした助手二名のあとも追わせる。忍び足のように、科学の名のもとに罪をおかす者は、生きる資格などない。

かれらが作業にあたっていた培養装置を開ける。すぐ隣りの培養装置も開けた。内部に目をやると、それぞれの容器に一体ずつ、二本腕を持つ二本脚生物が横たわっていた。両者とも未完成のようだが、ぴんぴんしている。

容器から出て、あちこち動きまわるのだ！ ほかのすべてのシンクロニト同様、この二体もおろかだ。おまけに未完成で、状況を理解できずにいる。わたしは架台を押しだし、突き落とした。二体はすぐに反応をしめし、床に倒れないように両手でからだを支える。

さっさと立ちあがれ。あたりを見まわすのだ！

先を急いだ。すべての装置を開けなければ。ヴァークツォンは完全なカオスにお

ちいるだろう。それから、シンクロニトたちも!

ヴランバルはさらに先を急いだ。培養装置を次々と開けていく。さまざまな成長段階

にあるシンクロニトを解放した。シンクロニトが培養装置をはなれるまで、ずっとそこ

で見守る。みずからの力で出てこられなければ、手を貸した。

その後は、もうかれらにかまわない。

最初のアルマダ作業工が出現したとき、ヴランバルはスレイカーたちに戦闘開始の号

令をかけ、戦いの火ぶたを切った。

幕間劇　その二

ペリー・ローダンはバジス＝1にいてもおちつかなかった。もちろん、おちつけるはずがない。シンクロニトのインパルスが、惑星にとどかないわけではないのだから。

だが、今回ほどひどい状態は、いまだかつてなかった。コンタクトは、ローダン自身がシンクロニトの体内にうつされたかと思うほど強い。

あるいは、すべて幻覚なのか？　おのれのシンクロニトが存在するのではないかと疑うだけで、この種の幻覚を起こすのに充分なのか？

これに対し、なにも打つ手がない。奇妙な痛みを感じた。気分がふさぐ。

これについてゲシールと話してみたもの。

「ある生物とそのシンクロニトのあいだには、数光年はなれていたとしても、一卵性双生児と似たような関係が存在するのだろうか？」

「ええ、もちろんそうね」ゲシールはそういったが、すぐになだめるようにつけくわえた。「あなたのシンクロニトのことをいつも考えるべきじゃないわ。ひょっとしたら、存在しないかもしれないし」

それでも、ローダンはそれを信じることができなかった。

そしていま、確信した。

なぜなら、今回は役割をいわば交換したかのようだから。自分がシンクロニトの目を通して周囲を見ている。映像は以前にも増して明瞭だ。

閉所恐怖症を引き起こしそうな、せまく不気味なシリンダーから外に出た。だれかに床に押し倒される。痛みのあまり、叫び声をあげた。皮膚は信じられないほど敏感だ……まるで神経がむきだしになっているかのように。ごく軽く触れられても痛い。

目がどこかおかしい。すべてがぼやけて見える。頭は重く、ほとんど顔をあげることができない。耳鳴りがする。

「ゲシール！」ローダンは叫んだ。シンクロニトが実際にそうしたわけではない。ローダンの頭のなかで思考が形成されるが、シンクロニトの唇からはただ不明瞭な音が漏れただけ。声を出すと燃えるような痛みがはしる。薄い皮膚におおわれた唇も敏感なのだ。

シルエットのような存在が目の前をよぎった。グリーンで、二足歩行だ。腕は四本あるように見える。姿をあらわしたと思った瞬間、すでに消えていた。

「ペリー、どうしたの？」結婚契約をかわした女の声が数光年先からのように聞こえた。

「目をさまして！」

そうだ、目をさまそう……だが、どうやって？

周囲が揺らいだように見えた。かれが……ローダンのシンクロニトが……苦労して両脚で立ちあがったのだ。周囲のすべてが暗い。不気味に見える装置と容器が金属の光をはなつ。ここはどのような場所なのか？

シンクロニトは、動物のようなしわがれ声をあげた。それがうなり声に変わる。なにをいおうとしたのか？ なにをいうことができなかったのか？

次の瞬間、ローダンはシンクロニトの体内から追いだされたと感じた。同時に、自身の体内であらたにひどい痛みがはじまる。

ゲシールの顔が目の前にあらわれた。彼女を遠ざけたい。むしろ、自身のシンクロニトと、より密接な接触をしたかった。そうすれば、痛みが軽くなるかもしれない。からだを曲げ、胎児のようにまるくなるが、ふたたびばねに弾《はじ》かれたように手足を突っ張った。なにをしても助けにならない。

ゲシールは姿を消すと、医療ロボットをしたがえてあらわれた。

「双子効果だ……」ローダンがつかえながらいう。自分の言葉は聞こえたものの、ゲシールがこれを理解したかどうかはわからない。

ロボットが動いた……

ゲシールはローダンをおちつかせようと話しかけた。彼女の唇の動きが見えた……

一ヒューマノイドの姿があらわれる。おぼつかない足どりだ……

……そこで、注射針が視界に入った。

ゲシールが場所をあけた。ローダンは彼女を引きとめられない。

このヒューマノイドはテラナーかもしれない。アルマダ炎を持たないから。細身だが、ずんぐりしている。たしかに矛盾だとはいえ、その人物は細くて、太いのだ。裸で、しわだらけの柔らかい肉が骨からさがっている。肉は動くたびにゆらゆらする。老人医学的処置を施されていない二百歳の男がいるなら、そのような外見になるだろう……

ロボットが注射を打った。ローダンは動き……

ゲシールが驚いてぽかんと口を開けた……二百歳の男がぎこちなく歩きまわる……ロボットが二本めの注射を打ち、ローダンは叫び声をあげた。ゲシールがかぶりを振った。泣いているのか？

ローダンはもうひとりのヒューマノイドについていこうとするが、追いつけない……

ゲシールが医療ロボットの注射アームに手を置き、医療ロボットが踵《きびす》を返した……二百歳が壁に向かってよろめき、もたれかかったので、シンクロニトのローダンはそこへ近づく……バジス＝1のローダンは痙攣しながら横たわった。からだをのけぞらせ、ゲシールに押さえつけられた……二百歳は力つきたようだ。ローダンのシンクロニトの両脚もまた、数歩歩いただけなのに、鉛のように重い……

ゲシールの顔から一粒の涙がローダンの顔に落ち、肌のわずかな面を冷やした。だが、涙はたちまち乾いた。肌のこの個所はいつになく、燃えるように熱くなっていたから。ローダンのシンクロニトが二百歳の男に近づき、これをつかむ。ローダンは驚いて叫び声をあげる。おのれのシンクロニトの肌も、二百歳の男と同様に老人医学的処置を施されていないのが、ぼやけてはいるものの、見えたのだ……ゲシール……

もう一体のシンクロニトはいつのまにか四百歳になっている。しわだらけの干からびた肌。ひとつの脂肪細胞もない……ゲシールの冷たい唇が顔に触れた……ローダンはもう一体のシンクロニトの肩に、おのれのシンクロニトの手を置く。まさしくミイラ化した手のように見える。人間が自然のまま千歳まで年をとれるとしたら、このように見えるだろう……

ゲシールはローダンに冷たいキスをしながら、ときおりなにかつぶやいた……気がつくと、もう一体のシンクロニトも千歳になっている。おもむろにこちらを振りむく。ローダンはずっと、その顔を見たくてたまらなかったのだ。自身の千五百歳のシンクロニトの、もうほとんど視力のない目を通して、期待に満ちて見つめる……

すると、周囲が暗くなった。

からだの痛みが徐々に消えていく。あとは、弱い噴火の余韻が響くだけだった。心地よい朦朧《もうろう》とした状態に沈んでいく。

まったく、いまいましい。これらすべてを経験しなければならないのなら、なぜせめてもう一体の顔を見ることができなかったのか？　あれがテラナーのシンクロニトであるならば、たとえ二千歳になっていたとしても、だれだかわかったかもしれないのに。

だが、コンタクトはむしりとられるように終わった。

ペリー・ローダンは、意識を失ったように眠りに落ちた。

ゲシールはバジス＝１の基地にあるメインドーム内の個室にいた。ローダンをあえて起こそうとはしない。かれがふたたび目ざめるまで、起きていようと思った。二度と夫がこのような悪夢を見ないよう、かれのために祈った。

＊

両シンクロニトはたがいに向きあい、ほとんど見えない目でたがいを見つめた。ミイラのような年老いた顔に、相互認識のようなものがあらわれる。

両者の脳裏には、遠くはなれたべつの生命から送られてきたような映像が生じていた。共通の体験と冒険のフラッシュバックだ。いくつかはほかのものより新鮮だが、すべてが朦朧とし、きちんと把握できない。

これは、どちらのシンクロニトもはっきりした個性も充分な意識も持ちあわせていないせいだろう。両者の資質はマイクロレーザー放射で遺伝子からとりだされたもの。保持者によりもたらされた誤った遺伝子情報も、念のため除去されずにのこった。

それでも、特定の共通点が呼びさまされたのだ。

両シンクロニトは同じ種族で、同じ起源と故郷を持つ。なんという名前だ？　どこからきたのか？　この奇妙な非現実的な環境のほかのどの生物よりも、両者がたがいに似ていることを、ひとつのジェスチャーがはっきりしめした。

両者は最後の力を振りしぼるように右手をあげ、たがいの手をつかんだのだ。

この握手により両者は結ばれ、結託した。まるで、この肉体的結合により精神的結合が生じたかのように、思考がかわされる。

たがいにからだを支えあった。どちらも自力で立ちつづけるには弱すぎるのだ。あまりに速く老化が進み、体力は信じがたいほど急速に失われる。まるで、ひと呼吸するたびに寿命の一年が奪われていくかのようだ。

自分たちはなにかしなければならない！　思考が脳内で燃えあがる。だが、なにを？　答えは見つからない。

会話によりたがいを理解したいが、唇は引きつり、喉からは理解不能なささやき声が漏れるだけ。

両者はあわれな生物だ。脳から絞りだした記憶をかろうじてつかまえることもできない。みずからの名前さえ思いだせないのだ。

きみはだれなのか？

わたしはだれなのか？

沈黙。

そしていま、ときおり燃えあがっていたフラッシュバックも消えた。最終的な忘却の暗闇が、崩壊していく脳をつつむ。

すでに多くの細胞が死に、あるいは老化し、分裂による再生が不可能となる。

両者は死ぬ運命にある。なにによっても救うことができない。疾走する加齢プロセスは、忍び足の技術をもってしてももはやとめられないだろう。

そして実際、両者は立ったまま、たがいの手をはなすことなく死んだ。ふたりがべつの人生においてよき友であり、人類のために責任の重い任務についた仲間だったのだと、まったく知ることもなく。本当はここから逃げだして、《バジス》や銀河系船団のほかの到達可能な艦船に、この場所からどのような危険がさしせまっているのか警告したかったのだが、それも叶うことはなかった。

両者の存在だけでも、その震撼《しんかん》させるような運命だけでも、ほかのテラナーたちにとっては充分な警告となっただろうに。

両者は行動したいという衝動を感じたのだが、これをしめすこともできなかった。もう存在しないのだ。

9

ヴァークツォンがシンクロニト・ドームにショヴクロドンを迎えたとき、火事はすでにおさまっていた。

被害はとりわけ大きくはない。シンクロニト制御装置のひとつが完全に破壊され、とりかえなければならなかっただけ。ほかのシンクロニトは軽傷を負ったものの、その場の手当てだけですんだ。

「自分がシンクロドロームをきびしく統制していると、いまだにわたしに信じさせたいのか、ヴァークツォン？」と、ショヴクロドン。悪意がますます顕著になる。

それでも、ヴァークツォンは挑発に乗らない。先ほど、ボディガードとしてアルマダ作業工二体を連れていこうとしたさい、弱腰だとしてショヴクロドンに非難されたのだ。それ以上ショヴクロドンの嘲笑を受けたくなくて、ヴァークツォンはボディガードを連れていくのをあきらめた。

「もう一度、弁明してもらおうか？」と、ショヴクロドン。

ヴァークツォンは、やはり答えない。調査で忙しいから。忍び足のダム・クラスールが出火の直前、現場にいたことがわかった。あらゆる事象から判断すると、あの男にはこのような破壊工作をする能力が充分にあると思える。問い詰めてみよう。こんどは忍び足にきびしい制裁をくださなければ。

識別できないほど焦げたシンクロニトは、スレイカーのヴランバルのものだ。これがなにを意味するのか、ヴァークツォンにはわかる。

それゆえ、捕えられたスレイカーたちがリーダーの指揮のもと、脱走したという報告がとどいたさいも、まったく驚かなかった。ヴランバルのシンクロニトのスイッチが切られたためだ。推測するに、スレイカーはシンクロドロームからの脱出を試みるだろう。すべてのエアロックをふさぎ、隣接するあらゆる区域を封鎖するよう、アルマダ作業工に命じる。

できれば、スレイカーを生け捕りにし、それぞれのシンクロニトをつくりたい。

「個室にもどったらどうだ、ショヴクロドン」と、ヴァークツォン。「これは個人の問題で、わたしだけに関わること。介入しないでもらいたい」

「みずから過失を償おうとするきみに敬意を表する」と、ショヴクロドン。「だが、わたしをしずかな傍観者として同席させてもらいたい。だれかが報告書を準備しなければならないのだから。で、どのような手を打つつもりか？」

「まずは、ダム・クラスールを尋問する」と、ヴァークツォン。「かれのしわざだという充分な証拠があるのだ」

ショヴクロドンはうなずいて、ヴァークツォンがアルマダ作業工に命令をあたえるあいだ、根気よく待つ。

「次の指示があるまで、シンクロニト・ドームへの忍び足の立ち入りを禁止する。非常事態だ。当面のあいだ、忍び足の任務を放免し、自室監禁とする。外出はひかえるように」

ヴァークツォンが踵を返し、ショヴクロドンはそのあとにつづいた。培養装置に向かう途中、ヴァークツォンはひと言も発しなかった。弁明の必要はないと考えたから。ダム・クラスールに犯行を自供させ、罪を償わせなければならない。その運命はほかの忍び足にとり、いい教訓となるだろう。ひょっとしたら、ショヴクロドンのいうことは正しいのかもしれない。おのれは忍び足をあまりに自由にさせすぎたようだ。

培養装置に到達する前に、忍び足三名の死体に出くわした。

「ダム・クラスールだ！」ヴァークツォンは死体のひとつがだれだかわかり、驚きの声を漏らした。手短に調べ、確信する。「スレイカーのしわざにちがいない。かれらの手助けをしたというのに、なぜ、忍び足を殺したのか？」

ヴァークツォンは答えを長く考えることなく、ペリー・ローダンともうひとりのテラナーのシンクロニトが横たわる二台の培養装置に向かった。

そこで、さらなる不快な驚きが待ち受けていた。

「もぬけの殻だ！」仰天しながら確認する。「だれかが、未完成のシンクロニトを解放したのだ。あの発展段階では、二体ともまったく生存能力がないというのに」

「すくなくとも、ペリー・ローダンの細胞組織は確実に保管してあるのだろうな。それとも、忍び足はだれでも近づけるのか？」ショヴクロドンがたずねた。

「ローダンの細胞は、安全に保管してある」

「ロナルド・テケナーの細胞組織も安全だ」と、ショヴクロドン。「すくなくとも、いつでもふたりのシンクロニトをふたたびつくることが可能なわけだな」

二名は逃げだしたシンクロニトの捜索にあたった。ところが、アルマダ作業工からの連絡によりはじめて、二体を発見する。

未完成の二体はシンクロドローム内をやみくもに歩き、行きどまりにたどりついたにちがいない。アルマダ工兵は、機械室の制御装置二台の隙間に二体を見つけたのだ。

二体はマシンのあいだではさまるように横たわり、手をとりあって死んでいた。からだは老化し、まさに崩壊しはじめている。とうに腐敗プロセスがはじまり、速度をあげて進んでいた……死んでからまだほどないというのに。

「どうして、こんなことがありえるのか？」ヴァークツォンはそういうと、ショヴクロドンのあとにつづいた。ショヴクロドンは吐き気をおぼえ、その場をはなれていた。

「ほとんどクローン化されないうちに、これほど速く腐敗するとは。このシンクロニト二体のあつかいをどう間違えたのか？」

ショヴクロドンは機械室を出てはじめて、ふたたび息をした。これでもう腐敗臭に襲われることはない。

「この謎は解けるだろう。ひょっとしたら、次の両シンクロニトの作成で」と、ショヴクロドン。「だが、きみはまず喫緊《きっきん》の問題を解決しなければ」

ヴァークツォンは、シンクロドロームのあらゆるエアロックを封鎖したアルマダ作業工と連絡をとった。報告によれば、ムルクチャヴォルをはなれようとしたスレイカーはいない。そのかわり、シンクロニト・ドームのアルマダ作業工から報告が入る。スレイカーがドーム内に侵入しようとしたらしい。

「きみはまたもや過ちをおかした、ヴァークツォン」ショヴクロドンが非難するようにいった。「脱出ルートを封鎖するだけでなく、シンクロニト制御装置を守ることを考えるべきだったのだ」

「わたしは、みずから戦うつもりだ」ヴァークツォンは、きっぱりと告げた。

＊

ヴランバルは、抑制剤三錠を次々とのみこんだもの。おちつかなければ。おかれた状況を冷静に判断できるように。

戦士たちは、おさまることのないはげしさで培養装置を荒らしまくった。次は、シンクロニトが収容され、操作される透明ドームに押しよせ、とことん破壊するだろう。自分たちに注意を向けさせることになるが、それでいいのだ。

ヴランバルは、すでに気づかれることなくドームに侵入し、ヘビに似たシンクロニト一体がいるセクターにかくれた。そのセクターは空間の一方向に曲がり、今度は違う方向に曲がりくねる。シンクロニトは多くのホースとワイヤーによってマシンにつながれ、身動きがとれないようだ。

アルマダ司令官は、この未知のヘビ生物をシンクロニトから解放するという過ちをおかさなかった。このシンクロニトに外見が似ているアルマダ種族をヴランバルが知らず、それゆえ特別な関係がなかったせいだけではない。見つかりたくなかったのだ。ただ、それだけだ。

透明なドーム屋根を見あげると、ときおり外で宇宙の真空をパトロールし、ドーム内のようすを見張るアルマダ作業工が見える。見つからないよう、用心しなければ。

忍び足が全員同時にドームからはなれたらしいことにも気づいた。その会話から、自室監禁となったようだとわかる……おそらく、逃げたスレイカーを追うアルマダ作業工の負担を軽減するためだろう。ヴランバルは、むらさき色の唇をゆがませた。

忍び足がドームをはなれたため、ヴランバルはかくれ場から出ることができた。つづいて、さらなる一連のセクターを順ぐりに調べる。それでも、目的地として選んだあるセクターは見つからない。

途中、さまざまな種類のシンクロニトに出くわした。そのうちの数体は、そのいささかゆがんだ外見にもかかわらず、特定のアルマダ部隊に分類できた。とはいえ、ほとんどは未知の存在だが。

アルマダ工兵に対する憎悪が高まる。さらに三錠の抑制剤をのまなければならなかった。冷静さだけはたもたなければ。

隣接する部屋につづく入口のないセクターが出現することもあった。そこでは見張られていないと確認したあと、強化装置の力を借りて、行く手を阻む障害物を軽く跳びこえる。

すばやく前進したものの、目的地には到達できない。セクターを訪れるごとに、見つかる危険が増していく。

とうとう、シンクロニト制御装置の上で宙に浮く円形プラットフォームを発見。これは可動式制御ユニットにちがいない。そこからなら、すべてのシンクロニト・セクターを見わたせそうだ。

円形プラットフォームまで二セクターしかはなれていない。そこにたどりつかなければ。それを使い、標的をすばやく見つけるのだ。

ひとつめのセクターまでひとっ跳びで到達する。だが、次のセクターへの通廊をわたろうとしたところ、アルマダ作業工一体が目の前に立ちはだかった。

長く考えることなく、ヴランバルは地面を蹴って、アルマダ作業工に跳びかかる。相手が床に倒れこむと、四つぜんぶの金属製の手の縁で、ロボットが完全に変形するまで狂ったように殴った。

ヴランバルは勢いよくプラットフォームに向かってジャンプし、その縁を上腕一対の指先でとらえると、その上に跳びあがった。上方を一瞥し、ほっとする。この力技はアルマダ作業工に気づかれなかったようだ。

身をかがめ、それぞれの操作機器の機能を調べた。危惧したよりも、かんたんそうだ。とりわけ重要なのは、司令プラットフォームを上昇させ、必要に応じて任意の方向に向かわせること。

だが、誘導ビーム網のダイアグラムに沿ってプラットフォームを動かせばいいため、作業負担は軽減された。あらゆる方向の矢印つきのボタンを使い、操縦がすっかり愉快になる。

ヴランバルはプラットフォームを上昇させ、ドーム屋根のすぐ下のらせん軌道に向かわせた。そのさい、シンクロニト・セクターを上から観察する。

四本腕と二本脚を持つグリーンの肌をしたシンクロニトを見つけるまで長くはかからない。そのシンクロニトは小柄で痩身《そうしん》で、スレイカーの外観と非常によく似ていた。

ヴランバルはプラットフォームの高度をさげ、シンクロニト制御装置のすぐ上で停止させた。四本腕のシンクロニトと向かいあって立つものの、ランカル医師との類似性はまったく認められない。

「きみが、戦士修理屋なのか？」ヴランバルはたずねた。答えは期待していない。シンクロニトは完全な分身ではなく、通常、話すことすらできないのだ。独立して考えることはいうまでもない。そして、自身のシンクロニトからわかったことだが、オリジナル本体とはただ表面的な類似性を持つだけだ。

「ランカル、ひょっとしたら、わたしの声が聞こえるのか」ヴランバルはつづけた。「きみのシンクロニトとの接続がどれくらい強いのかは知らない。そもそもきみがその存在を知っているのかすら。それでも、きみがいま心の声を聞いて、この言葉を理解するのなら、これから起こることを知るべきだ」

ヴランバルは短い間をとり、つづけた。

「わたしことヴランバル……きみのアルマダ司令官は、いまムルクチャヴォルにいる。そして、ランカル、きみのシンクロニトと向きあっている。このシンクロニトを通じて、アルマダ工兵はきみに影響をあたえているのだ。きみが何度か種族の利益に反して行動したことを、わたしは知っている。だが、非難するつもりはない。あらゆる罪からきみを放免する」

ヴランバルはシンクロニトのそばを悠然と歩きまわり、訴え懇願するような声で話しかけた。シンクロニトが話を理解したとわかるさまざまな反応を見せたような気がする。ランカル医師にこのメッセージがとどくといいのだが。

「ランカル」ヴランバルはシンクロニトに左腕二本の銃口を向けながら、話を締めくくる。「きみをいま、アルマダ工兵の支配から解放する。とはいえ、きみのシンクロニトを破壊することしかできない。ほかに方法はないのだ。きみがそれほど苦しまなければいいのだが。だが、わたしの声が聞こえたなら、万一の場合を覚悟してくれ」

ヴランバルがビームを発射し、シンクロニトは破壊された。

アルマダ司令官として義務をはたしたのだ。これで帰還の途につける。プラットフォームにもどると、ドームのはずれに向かわせた。

いずれかの敵との戦いに巻きこまれたらしい部下を見つける。ソエケンだ。ヴランバルは呼びかけた。

「撤退する。ほかの仲間に合言葉を伝えてくれ。それぞれ自力で切りぬけなければならない。それでも、ともにシンクロドロームから脱出しよう」

ソエケンは司令官を見あげ、叫んだ。

「ヴァークツォンみずから、戦いに介入したのです。ヌレアクとタンタウンがすでにやられました」

ヴランバルはソエケンに、掩体にかくれるよう警告しようとした。ところがすでに手遅れだった。ソエケンは、グリーンのビームからなる火球につつまれたのだ。

ヴランバルは、反対方向に逃げた。

10

ヴァークツォンは三人めの敵に心のなかでチェックマークをつけた。ヴランバルをふくめて、のこりは六名だ。もともとスレイカーの侵入者は十名だったが、一名はすでに当初、姿を消したもの。どこにかくれているのか、ヴァークツォンにはわからない。このスレイカーからは細胞組織を採取できなかったので、個体振動も計測不可能だ。それでも、ヴランバルがそのかくれ場に案内してくれれば、この者も排除できる可能性はある。

アルマダ工兵は片手に探知機を持ち、もう一方の手でべつの装置を調整する。腰ベルトに入れてあった〝プシ・プロダー〟だ。ヴランバルの個体振動を入力する。ただちに、装置がヴランバルのいる方向、距離、高低差をしめす。これらのデータにより、あのスレイカーが現在どこにいて、どのルートを通っているのかわかるのだ。すでに培養装置のある階層をはなれ、下層に向かっていた。ヴァークツォンは通信機で、アルマダ作業工二体にかれを足どめするよう命じる。二体はただ、破壊されないよう防御バリアを展開し、目の前に相手を誘いこむだけでいい。

こうして時間稼ぎをするあいだに、まずはほかのスレイカーを排除しなければ。

次の犠牲者は、アルニボンという名の戦士だった。シンクロドロームに爆弾をこっそり持ちこんだ坑道兵だ。ヴァークツォンは、あざけるように口をゆがめた。もちろん、のこされた装備のなかに爆弾は見つからなかったはず。ヴァークツォンは考えた。爆弾がいまどこにあるか、このスレイカーに教えようか。

アルニボンは、シンクロニト・ドーム出入口の前にいた。どうやら、力ずくで侵入を試みるようだ。ヴァークツォンは、ヴランバルがつい先ほど逃げだした司令プラットフォームにのぼり、これを出入口に向かわせた。

遠隔操作により、エアロックを開く。ただちにアルニボンがドーム内に突進した。その装甲強化装置のおかげで信じがたいほどのスピードだ。

ヴァークツォンはおちつきはらってアルニボンの個体振動をプシ・プロダーに入力し、これでスレイカーを狙う。

ヴァークツォンが、致死量のほんの一部に調整した弱々しい光をはなつ威嚇《いかく》射撃を発すると、アルニボンがはげしく痙攣した。

スレイカーは頭上のプラットフォームを見つけると、武器をこちらに向けてきた。しかし、これにそなえていたヴァークツォンはよりすばやく反応する。

まばゆいグリーンの放射フィールドが武器からはなたれ、スレイカーをつつんだ。こ
れは、幻覚を起こす暗示インパルスだ。物質だけでなく、まず精神を攻撃する。精神的
超過圧が生じ、知性体はこれには耐えられない。その結果、進行性障害によって完全に
知性を失う。精神の内破が発生するのだ。命中した者は生存能力を失い、衰弱し、どの
シンクロニトよりひどい状態におちいる。精神崩壊と連携し、体細胞の内裂性溶解も進
行する。

ヴァークツォンはプシ・プロダーのスイッチを切り、心のなかでさらに四人めのスレ
イカーにチェックマークをつけた。

さらなる敵を探知するまでもなく、アルニボンが出てきた入口からスレイカー二名が
出現。とりみだしたようすで、がむしゃらに発砲してくる。

とはいえ、被害が拡大する前に、ヴァークツォンがプシ・プロダーを二名の個体振動
に調整し、あっさりかたづけた。

これで、ぜんぶでスレイカー六名を排除したわけだ。

ヴァークツォンはすぐにヴランバルを探知し、まだアルマダ作業工二体によって足ど
めされていることを確認。それから、すでに個体振動を入力ずみののこり二名のスレイ
カーの出現を期待して待つ。

この二名もまた、すでにシンクロニトのデッキをあとにしていた。下層に向かい、す

ばやく前進している。そのうちの一名が、ヴランバルに向かって近づいていく。

ヴィデオカムが警告を発し、ヴァークツォンはスイッチを入れた。

「ムルクチャ1023が脱落しました……」機械音声が報告する。

ヴァークツォンはスイッチを切った。そのアルマダ作業工がなぜ排除されたのかは興味がない。ただ重要なのは、ムルクチャ1023が、ヴランバルを足どめしているアルマダ作業工二体のうちの一体だということ。

探知結果により、追っていたスレイカー二名のうちの一名がヴランバルにくわわったとわかった。力を合わせ、ムルクチャ1023を破壊したにちがいない。いまや、深層部につづく道が開けたわけだが、ヴァークツォンはほうっておくことにした。いずれ、かくれ場に案内してくれるだろう。そこで、のこる単独のスレイカーに専念する。

この敵はすでに住居セクターをあとにし、換気シャフトのひとつを進み、貯蔵室と整備デッキのほうに向かっていた。そこでは、アルマダ作業工が見張っているか、命令すればすぐに動ける状態で待機している。

ヴァークツォンは反重力リフトのひとつに向かい、下降した。整備デッキでリフトから出ると、換気シャフトに向かう。ここから、スレイカーが出てくるにちがいない。

驚いたことに、このスレイカーはひとつ上のデッキで換気シャフトをはなれ、ヴランバルともう一名のスレイカーに近づいているとわかった。

突然、探知シグナルが消えた。つまり、このスレイカーが死んだということ。ヴランバルとその同行者に合流する前に、命を落としたのだ。

ヴァークツォンはその理由について長く考えることなく、ふたたびリフトで上昇し、ヴランバルとその同行者がいる階層で降りた。どうやら、すぐ近くにかくれ場があるらしい。徐々にゆっくりと慎重な足どりになっている。

ヴァークツォンは敵の視界に入らないように安全距離をたもちながら、あとを追った。突然、目の前に黒と銀色の姿が出現。

ショヴクロドンだ！　大型のドロングラーをかまえ……ヴァークツォンがとめる間もなく……発射する。

これで万事休すだ。ヴァークツォンは観念した。ところが、命中したのは一発だけ。思わず、安堵の息を漏らす。

ふたたび追跡を開始しようとするショヴクロドンに追いつき、壁に押しつけた。

「わたしの問題に首を突っこんでくるとは、どういうつもりだ？」ヴァークツォンはどなりつける。「スレイカーの問題はわたしのやり方で解決するといったはず」

ショヴクロドンは、怒りのまなざしで見すえ、

「わたしの助けなしにきみがこの問題を解決できそうになかったからだ。そもそもここでなにをぼんやり突っ立って、わたしを非難している。司令官を逃がすつもりか？」

「そうだ」ヴァークツォンは満足そうに応じ、ショヴクロドンを唖然とさせた。「ヴランバルにムルクチャヴォルを脱出させるのだ。さいわい、かれは撃たれなかった」

ヴァークツォンが計画を手短に説明すると、ショヴクロドンは押し黙った。自分があやうく計画をだいなしにするところだったと、ようやく知ったのだ。

ヴァークツォンは、ふたたび探知機に集中した。ヴランバルから受けるシグナルは整備室からくる。かなりのあいだ、その位置は変わらず、やがてまた動いた。シグナルは整備室から移動し、エアロックに……そしてこれを抜け、宇宙空間に達する。

ヴァークツォンはもよりのスクリーンに急いだ。外側監視カメラを通じ、ヴランバルがシンクロドロームを脱出したと思われる宇宙セクターの一部をうつしだす。

まもなくスクリーンで、ムルクチャヴォルからはなれていくアルマダ作業工二体の姿が確認された。

「つまり、この方法でかれらは侵入したわけか」ヴァークツォンが賞讃するようにいう。「非常に抜け目のない方法だ。さ、ショヴクロドン、司令センターに向かおう。ヴランバルに別れの言葉を告げたい」

＊

どう考えても、ヴランバルは、いつか戦闘日誌の続きを書けるとは思ってもみなかった。ところが、サルラグを見た瞬間、ふたたび希望が膨らんだ。

サルラグはとうに強化装置を分解し、アルマダ作業工のなかに格納していた。ヴァランバルが同じく強化装置をかたづけるさい、手を貸してくれた。

〝わたしはサルラグを四本腕で抱きしめ、こう告げた。われわれ、やり遂げたのだ、と。かれの戦闘日誌の一ページがこの出撃についての報告で埋められることを、よろこんで許そう。サルラグとわたし、ふたりだけが最後の生存者なのだ……〟

これは、ヴァランバルが実際にいったり行動したりしたことではない。その時間がなかったのだ。それでも、戦闘日誌にはこう記すつもりでいた。

ようやく、ヴァランバルが自身の搬送体によじのぼった。ムルクチャ624を作動させ、サルラグも出発準備がととのったことを確認する。それから自身の搬送体をもよりのエアロックに向かわせた。

シンクロドロームから脱出してしまえば、あとは実際、すべてがうまくいくはず。今後、アルマダ工兵の介入から身を守るにはどのような処置をとるべきなのか、ヴァランバルはすでに考えていた。

アルマダ中枢に到達できさえすれば！

スレイカー単独でアルマダ工兵と戦うなどということはできない。だれが、自分たちを信じるというのか？

ムルクチャ624はエアロックに到達し……外に出た。宇宙空間だ！　アルマダ工兵は、自分たちがかれらの鼻先で散歩に出たことに気づいていない。ヴランバルは、その必要もないのに抑制剤をのみこんだ。内蔵スクリーンのスイッチを入れる。アルマダ作業工の視覚レンズを通じ、ムルクチャヴォルがどんどん遠ざかっていくようすを見つめた。どこにも追跡者の姿はない。

まもなく、超光速飛行にうつれるだろう。

突然、スレイカー搬送体に通信シグナルがとどき、ヴランバルは緊張にからだをこわばらせた。シグナルは何度もくりかえされ、とうとう耐えきれずに、受信機のスイッチを入れる。

すぐ目の前のスクリーンに、アルマダ工兵の姿があらわれた。

「きみの英雄的活躍に祝いの言葉を述べよう、ヴランバル」と、アルマダ工兵。「受信感度が良好だといいのだが。こちらはヴァークツォンだ」

ヴランバルはすばやく自制をとりもどし、

「いさぎよく敗北に耐えているようだな、ヴァークツォン」と、応じた。「アルマダ工兵は、これからはもう二度とスレイカーを自分たちの目的のため悪用できない。きみも、それがよくわかったか？」

「それほど確信があるのか、ヴランバル？」と、ヴァークツォン。「たしかにきみは、

自身とランカル医師のシンクロニトを破壊した。それでも、われわれはいつでもあらた
なシンクロニトを生みだせるのだ。もっとも遺憾ながら、それはきみにはあてはまらな
い。きみは脱落するから」

「ランカル医師についてもあきらめるのだな」と、ヴランバル。「わが代行、ストッサ
ーに警告してある。必要とあれば、ランカルを殺すだろう」

「きみに見せたいものがある、ヴランバル。よく見ろ」

アルマダ工兵がスクリーンから消えた。かわりに、培養装置のひとつが見える。その
手前に、忍び足二名とアルマダ作業工一体が、グーン・ブロック作動の担架（たんか）を持って立
っている。忍び足は培養装置を開け、シンクロニトをとりだし、これを作業工に手わた
した。

それは、ただのシンクロニトではない。スレイカーのシンクロニトだ。
映像が切り替わり、ヴァークツォンがふたたびうつしだされた。

「きみがいま見たのは、ストッサーのシンクロニトだ」
ヴランバルは怒りにわれを忘れ、おちつくためにすばやく抑制剤をのみこもうとした。
せまい搬送体内で、これは容易ではない。それでも、うまくいった。

「おそらく、ただのはったりだな、ヴァークツォン。だが、たとえきみのいうとおりだ
としても、ストッサーを長くは操作できないだろう。遅くともわたしの帰還時には、真

実が判明する」

「だがきみは、自分のアルマダ部隊にはもどれない」ヴァークツォンが冷たくいいはなつ。「アルニボンがシンクロドロームを吹き飛ばそうとした爆弾がどこにあるか、疑問に思わなかったのか？　きみの強化装置のなかだ。わたし自身がとりつけた」

ヴランバルは、ふたたび抑制剤をのみこまなければならなかった。

「きみがアルマダ部隊にもどらなければ、どうなる、ヴランバル？」と、ヴァークツォン。「だれが、きみの後任になる？」

ストッサーだ！　ヴランバルの頭をよぎる。

なにかいおうとするが、声にならない。すると突然、喉から悲鳴が漏れた。抑制剤も効き目をあらわさない。ヴランバルは叫び声をあげ、せまいスレイカー搬送体のなかで荒れ狂った。

死への恐怖で理性をほとんど奪われたのではない。無力さと屈辱的な死の訪れのせいだ。そして、生涯この最期の瞬間を、もはや戦闘日誌に不滅のものとしてつづれないという事実である。

「達者でな、ヴランバル」ヴァークツォンはそう告げると、爆弾を起爆させた。

11

ヴァークツォンとショヴクロドンは、会議室で席につき、レーザー・プロジェクターを作動させた。シンクロドロームにおける状況報告会にはアルマダ工兵全員が招集されている。それでも大半は参加しない。アルマダ工兵のほとんどが、いずれにせよ手がはなせない状況にあるからだ。そうではない者も出席する意義を見いだせず、見えすいた口実で欠席した。

最初のレーザー・プロジェクターが反応。点滅信号がインパルスの受信をしめす。その後すぐに、アルマダ工兵のホログラムが形成された。

「ようこそ、ハーロウェン」プロジェクションがはっきりあらわれると、ヴァークツォンは新入りを歓迎した。

「これはこれは」ハーロウェンが驚いたようにいう。外見的にはほかの二名とはなんの違いも見られない。「ごく内輪の会議なのか？　すくなくともワルケウンには出席してほしかったのだが」

「かれは、この会議を欠席するわけにはいかない」と、ショヴクロドン。

まもなく、さらにいくつかのプロジェクターが点滅した。アルマダ工兵のインパルスを受け、ホログラムが形成される。

「おお、ノシェンヒューの登場だ」ショヴクロドンが満足そうに告げる。「きみが参加してくれてよかった。銀河系船団の一テラナーとの不快な経験について報告してくれるのだろう?」

さらに七名のアルマダ工兵が次々と到着。最後はヒストルケールだ。

「これで全員か?」ショヴクロドンは答えを待たずにヴァークツォンに向きなおると、たずねた。「ムルクチャヴォルではなにも異状がないか? どうやら、きみが銀河系船団の一メンバーのクローンに手こずっているという噂があるようだが」

ヴァークツォンとショヴクロドンは、スレイカーの事件については口にしないことで同意していた。大まかな解釈では、些事《さじ》のひとつとしてかたづけられる。問題は解決されたのだから、大勢《たいせい》にはなんの影響もないだろう。忍び足に関しては、ヴァークツォンが内々に片をつけることとなり、ショヴクロドンはこれを認めた。もっとも、ヴァークツォンは、ショヴクロドンがこれをいいことに、あれこれ口を出してこなければいいのだが、と、思っていたが。それでも、すくなくとも、この問題については公けに議論されずにすむ。

「ほかに参加者がいるかもしれない。待ってみよう」ヴァークツォンがかわすようにいった。

実際、さらにホログラムがひとつ出現……ワルケウンだ。ヴァークツォンはほっとした。これで、すくなくともおのれの窮地から参加者の目がそらされたわけだ。

ワルケウンはかなり冷淡なあつかいを受けることになった。悪意のこめられた言葉のいくつかに甘んじなければならない。

「きみはとんだことをしでかしてくれたな、ワルケウン」ショヴクロドンが非難した。これは同時に会議がはじまった合図だ。出席者は全員で十二名である。

「わたしにはなんの責任もない」ワルケウンが自己弁護する。「惑星ナンドでわたしに起きた事件は、きみたちのだれにでも起こりうること。あの資源供給惑星を失ったからといって、たいしたことではない。M‐82には、かわりになる惑星が数千もある。それに実際、ナンドよりも収獲の多い惑星をひとつ見つけた。採掘作業はすでにフル稼働している」

「大変けっこうなこと」と、ヒストルケール。「われわれ、アルマダ工兵のために充分な資源を確保できなくなるとは、これまで一度も懸念したことはない。問題はまったく違う点にある。きみは、銀河系船団に対する敗北に甘んじなければならなかった。それが、はなはだ遺憾な問題なのだ」

「わたしは果敢に戦ったとも」と、ワルケウン。「それでも、あの圧倒的な敵の前には無力だった」

「そのいい方だと、きみが銀河系船団の〝自慢の種〟と戦わなければならなかったように聞こえるが」と、ショヴクロドン。「つまり、テラナーが《バジス》と呼ぶあの巨大船のことだ」

「きみがどの船の話をしているのかはわかるが、ナンドにおける出来ごととは関係ない」と、ワルケウン。「《バジス》の影もかたちもなかった。ゆえに、あれは銀河系船団からはぐれたただの一宇宙船だと思われる」

「きみの正直さには恐れいる、ワルケウン」と、ショヴクロドン。「きみの敗北から教訓を得るならば、全体としての銀河系船団だけがわれわれにとって危険を意味するのではなく、一隻一隻がけっしてあなどれない脅威となるわけだ。これを証明する例は充分ある」

「まさにそのとおり」と、ノシェンヒュー。「きみたちは、アルマダ年代記のデータ収集船から資料を運びださせるために、わたしが灼熱惑星に送ったクリフトン・キャラモンという名のテラナーに関する報告を知っているだろう。この男の消息は今日《こんにち》まで明らかではない。結局、わたしから逃げだしたのだ。銀河系船団がわれわれに対して共同戦線を張ることなく、かれらの船が分散していることを、ただよろこぶしかない」

「当時、そのキャラモンとやらから、細胞組織を採取すべきだったな。それがきみに対してできる唯一の非難だ」と、ショヴクロドン。「ヴァークツォンが最高指揮官ペリー・ローダンから採取し、わたしがロナルド・テケナーという名のもうひとりのテラナー指揮官から採取したように。シンクロニトは、テラナーに対するわれわれの最強兵器なのだ」

「とはいえ、いささか難航しているようだな？」と、ハーロウェン。

「たしかに。だが、われわれがこの問題を掌握《しょうあく》するまでそう長くはかからないだろう」ヴァークツォンが自信たっぷりに応じた。「ローダンとほかの重要なテラナー数名の完全に有用なシンクロニトが完成したなら、銀河系船団は弱体化したも同然だ。《バジス》さえ倒せば、ほかの船もすべてみずから降伏するだろう」

「この点に関し、そろそろなにか手を打つべきときだ」と、ストイクウォー。「アルマダ中枢が沈黙を守っているあいだに、われわれが敵に決定的打撃をあたえなければ。長いこと待ちわびた瞬間なのだ。すばやく行動に出れば、アルマダ工兵は無限アルマダに命令をあたえる〝声〟になれる。それこそ、われわれの長年の夢の成就だ」

「きみのいうとおりだ、ストイクウォー」ショヴクロドンが同意をしめす。「すべてのアルマダ工兵がアルマダ中枢で一堂に会したなら、権力をつかみ、われわれに有利なように無限アルマダを再編成できるだろう。それから、テラナーという障害要因を排除しなければならない。殲滅するか……あるいは、無限アルマダに統合するか。わたしとしては後者が好ましい。シンクロニトの助けにより、これを実現させるのだ。《バジス》の問題は、恒星ハンマーがかたづける」

「そうなれば、無限アルマダにおける秩序の回復に着手できる」ワルケウンはそういい、ふたたび議論にくわわろうとした。「つまり、われわれの意向に沿った秩序理念だ」

ほとんどすべてのアルマダ工兵が同意をしめし、うなずいた。なかには笑みを浮かべる者さえいる。

「さまざまなアルマダ部隊から、アルマダ印章船への輸送が再開された。いいことだ」ノシェンヒューが確信するようにいう。「これにより、子孫がアルマダ炎を持たずに生きなければならないと絶望していたすべての種族は、あらたな希望を持てるだろう。この機会を利用し、ひとつ重要な点を指摘したい。たとえどのような方法で権力を握ろうとも、われわれ、さもなければ、いにしえからつづく伝統を揺るがしてはならない。伝統を守りぬかなければ。さもなければ、無限アルマダは崩壊するだろう」

「いうまでもないこと」と、ショヴクロドン。

ヴァークツォンはこれを機に、会議を終わらせようとした。

「思うに、重要事項はすべて出つくしたようだ」そう告げ、立ちあがる。「またシンクロニトの面倒を見なければ」アルマダ工兵のホログラムを順ぐりに見つめ、最後にこう締めくくった。

「まもなく全員で、アルマダ中枢で会おう」

幕間劇　その三

ペリー・ローダンは、長く待ったあと、確信にいたった。ふたたび《バジス》乗員の批判的な視線を浴びてもかまわないだろう。

これまで何度も襲われ、老齢化と身体的腐敗のパノラマのごとき体験においてクライマックスに達した発作は、すでに何日も前からおさまっている。

いまや、すべては遠い昔の悪夢のように思えた。経験したこれらの恐怖が現実だとは、もう想像すらできない。厳密にいえば、まったく現実ではなかったのだ。せいぜい〝準現実〟といったところか。それでも、ローダンは強い影響を受けたもの。

だが、この時期はようやく去ったようだ。

ゲシールにともなわれ《バジス》にもどったローダンを、だれもが温かく迎え入れた。みな、ほっとしたように見える。元気そうだとか、リフレッシュして〝なんとなく解放された〟ように見えるとか、口々に声をかけた。それでも、口にされない疑問もたくさんある。

ローダンがバジス＝1に引きこもった理由は？　だれも迎え入れず、通信にも応じなかったのはなぜか？　やっと姿をあらわしたのは、重要な話があると呼びだされたからだというが？

この話というのは、ローダンを沈思状態から誘いだすトリックではなかった。

実際、アルマダ工兵ワルケウンから入手したデータの分析に、ハミラー・チューブが成功したのだ。ウェイロン・ジャヴィアがその結果を報告した。

ようやく、アルマダ工兵の一シンクロドロームの座標が判明したという。

また、〝アルマダ筏《いかだ》〟一隻の飛行ルートもわかった。

これから、一連の大規模な出撃のための膨大な準備が必要となる。

それでもローダンは、仲間との会話のさい、温かい友情と安堵の空気のなかに意識下の不信感が混じるのに気がついた。かれらはひそかにローダンを観察し、一挙手一投足に注目し、あらゆる言葉を分析している。疑問は発せられないまま空間を漂う……〝はたしてペリーはシンクロニトにより操作されているのか、いないのか？〟と。

アルマダ筏

トーマス・ツィーグラー

登場人物

ペリー・ローダン……………………銀河系船団の最高指揮官
エンクリッチ・ファイン………………テラナー。カラック船《ファイデルヘイト》乗員。囚われ息子
アンクボル・ヴール…………………火山惑星出身の知性体。囚われ息子
ダメニツェル…………………………リル人。囚われ息子
クルドゥーン…………………………ヒルクト。アルマダ筏乗り
伝令使…………………………………同。クルドゥーンの相棒
工芸家…………………………………アルマダ作業工

1

「あの親捨て息子たち！」〝伝令使〟ははげしい怒りに燃え、しわがれ声をあげた。

「嘘つきのならず者ども！　親の胸もとにすりよりながら、温情に裏切りで応える恩知らずのごろつき！　罰するのです、クルドゥーン。やつらのひどい仕打ちに報いを！」

筏《いかだ》乗りのクルドゥーンはなにもいわない。

宇宙は、暗黒と星々のほのかな光からなる海だ。底知れない深みのはてしない海。ここでは、アルマダ筏だけがよりどころであり、安全を約束するもののように見える。

巨大海獣リヴァイアサンを角《かく》ばらせたような長くのびる筏は、M－82の恒星間の虚無空間をゆっくりと進んでいく。

「親捨て息子たち！」伝令使はふたたび怒りの声をあげた。

親捨て息子か、なるほど。筏乗りのクルドゥーンはそう考えながら、おもむろに向きを変えた。筏のわずかな重力の枷《かせ》をはなれ、星空の夜に向かって飛ばされないよう慎重に。その宇宙のなかをアルマダ筏〝ストウメクセ〟は、すでに六年にわたり進んできたのだ。

クルドゥーンは伝令使の意地の悪いがなり声を無視し、アルマダ筏の先頭部に視線を向けた。

宇宙服の残光増幅装置のおかげで、暗闇でもグーン・ブロックの輪郭がはっきりとわかる。

筏先頭部のグーン・ブロックは……十キロメートルはなれた尾部のものとまったく同じく……巨大な蹄鉄《ていてつ》のかたちをしている。U字のはしからはしまでの直線距離は、千五百メートル。片方からもう一方に向かって資源コンテナが継ぎ目なく連なり、竿のようにのびる。

コンテナの一連をほかの一連と接続するのは、資源フックだ。この留め具は〝知性を持つ〟物質でできている。その分子構造は、圧力や引っ張り、ゆがみや変形といったあらゆる負荷に耐え、ふたたびもとのプログラミングされた構造にもどる。それがアルマダ筏に柔軟性をもたらし、はげしい操舵さえ可能にするのだ。筏が引き裂かれることも、資源が惑星間宇宙の虚無空間にまきちらされることもない。

筏の側面に沿って、資源コンテナが光る棒によって固定され、セグメントを形成する。

それぞれのセグメントは、幅千五百メートル、長さ二千五百メートルの巨大な塊りだ。これらのセグメントが四つ、先頭から尾部のあいだに連なる。

この筏はすでに過積載ではないだろうか。クルドゥーンはそう懸念していた。

「しっかりしなさい」伝令使がうなり、筏乗りは思考を中断する。「なにか手を打たなければ！　できそこないの悪童どもに注意をはらうのです。〝冷ややかな悪〟がみずから、やつらを孵化させたにちがいない。聖なる卵にかけて、やつらは骨の髄まで腐っている。罰しなければ、クルドゥーン。罰するのです。聞いていますか？　ほら、筏乗り、あなたの闘志はどこにいったので？　いいですか、やつらを打倒しなさい、われわれが殲滅《せんめつ》させられる前に」

「しずかにしてくれ」筏乗りがいらだちをあらわにいった。その声は高く震え、歌うような歯擦音《しさつおん》の連続だ。一瞬、間《ま》をとったあと、不機嫌につけくわえる。「もういい。かれらの面倒はわたしが見よう。自分のすべきことはわかっている。おまえの助言は必要ない。だから、黙ってくれ」

伝令使は憤慨したように喉を鳴らした。

そして、資源コンテナの銀色に輝く滑らかな表面にかがみこむ。侏儒《しゅじゅ》のようだ、と、クルドゥーンは思った。こう思うのははじめてではない。この生物がわが兄弟姉妹と同じ卵から孵化したとは信じがたい。おのれ同様にヒルクト種族だが、ほかの仲間とは似ても似つかないのだ。

伝令使の皮膚は、クルドゥーンやほかのヒルクトのように白くはない。錆《さ》びた鉄のような赤褐色だ。宇宙服は、発育不全のからだをさらに不格好に見せる。まるく透明なヘルメットの奥の頭部は球形で、頸はない。発話口のスリットをのぞき、滑らかだ。

「それが感謝の言葉というわけですか、クルドゥーン」伝令使が嘆く。「わたしがあなたのもとをはなれなかったことに対しての。いくらか分別のある伝令使なら、ほかの女王候補に仕えるために去ったでしょうに」

棘《とげ》のあるいい方だと、クルドゥーンは思った。

伝令使は、ヒルクト種族の女王とその後継者となる女王候補の仲介をする。女王が亡《な》くなり、女王候補が種族のあらたな庇護者として準備すべきときが訪れれば、これを伝令使は感知するのだ。女王が数メートル先にいようと、あるいは数光年はなれていようと、伝令使はその死を感じとる。それから伝令使は、女王候補を種族のあらたな庇護者に選出し、嘆くことなく満ちたりた思いのまま死んでいく。

そういうものだ。クルドゥーンは苦々しく思った。それが慣習だ。とはいえ、どの女王候補もそのように女王になるわけではない。

なかには……わたしのように……すでに若いうちにアルマダ中枢により筏乗りに指名される者もいる。そうなれば伝令使は去り、ほかの女王候補に仕える。そして、不運なヒルクトはおのれの希望も性別も失い、筏乗りとなるのだ。

女王候補としてのクルドゥーンは、もはや存在しない。

存在するのは、筏乗りのクルドゥーンのみ。のこりの人生を孤独にすごさなければならない。たったひとりで星々をめぐるのだ。積み荷である鉄、銅、金、プラチナ、ウラン、ニッケル、銀、錫《すず》、石炭、水晶、トルマリンといった資源とともに……

考えにふけりながら、クルドゥーンは、甲冑《かっちゅう》のような硬い皮膚に守られた頭を振り、全身同様に白い、クワガタムシのような大顎を軋《きし》ませた。

それにしても、なぜ伝令使はわたしのもとにとどまったのか？　アルマダ筏乗りは自問する。なぜ、わたしとともに筏に乗って、採掘惑星とアルマダ工兵の基地のあいだを飛びまわり数十年を費《つい》やすかわりに、ほかの女王候補のもとを訪れなかったのか？

ひょっとしたら、伝令使自身さえ理由はわからないのかもしれない。

クルドゥーンは考えこみながら、できそこないの生物を一瞥《いちべつ》。伝令使の不格好な頭の上には、放電現象のようにアルマダ炎が揺らめく。あまりに見慣れた光景で、意識的に気にとめることはない。

「躊躇《ちゅうちょ》してはなりません」クルドゥーンの受信装置から伝令使のしわがれ声が響く。「あのできそこないのあつかましい連中の出すぎたふるまいをたしなめるのです。筏から追いだし、虚無にほうりだしなさい。そこで息を引きとり、魂が肉体をはなれ……」

「しずかに！」クルドゥーンが叫んだ。

伝令使は一瞬、黙った。力強い跳躍脚で大きくジャンプし、銀の資源コンテナを鳥のように跳びこえ、五、六十メートル先でふたたび着地する。

着地した場所は真っ黒だ。

高分子炭化水素だと、クルドゥーンの正確な記憶が告げた。ポリマープラスティック製フィルムが、宇宙空間で冷やされてかたく凍ったオイルをつつみ、目的地に……アルマダ工廠《こうしょう》に……着いたさい、熱でどろどろの粥《かゆ》のように溶けだすのを防いでいる。

長さ百メートル、幅も厚みも四十メートルのオイルコンテナにつながるのは、ニッケルと銅の資源コンテナだ。それから、金、プラチナ、クロムとアルミニウムが、そのあとルビー、エメラルド、ダイヤモンド、サファイア、ペリドット、アクアマリンの輝くコンテナがつづく。

さらに右には純鉄の巨大プレートが、やや右にはベリリウムとほかの軽金属からなる資源コンテナが、左には数百トンの鉛のコンテナ、その隣りにはビスマス、水銀、イリジウム、チタンのコンテナがのびる。

それぞれの資源コンテナの位置は、先頭のグーン・ブロックから十キロメートルはなれた最後尾のグーン・ブロックにいたるまで、筏乗りとしてのクルドゥーンの記憶にはっきりと刻まれている。数十万トンの天然資源が、無数の惑星に設置されたアルマダ工兵の採鉱ロボットにより掘り起こされ、筏の長年にわたる飛行により集められ、無限アルマダの処理センターに運ばれるのだ。

クルドゥーンはちいさな歯擦音を漏らすと、黒い宇宙服の腰の制御装置を操作した。背囊《はいのう》装置のジェット噴射により浮遊し、筏のまだらな表面をゆるやかに尾部に向かって進んだ。

伝令使の姿が遠ざかっていく。

制御装置のボタンをさらにひとつ押すと、透明な洋梨形ヘルメットの分子構造が変化した。頭上に浮かぶアルマダ炎のことは考えない。

構造変化により、ヘルメット・ヴァイザーに望遠鏡効果が生まれる。残光増幅装置が、星々の微光を集めた。クルドゥーンの目に、アルマダ筏の暗い表面が淡いグレイトーンにうつる。

その向こうに〝かれら〟はいた。

資源コンテナのモザイクの上に、三つのちいさなシルエットが浮かぶ。

アンクボル・ヴール。温泉と火山の惑星出身である。そこでは、けっしてやむことのない稲妻が切りたつ崖と深い渓谷の上にはしり、空は燃えるようで、空気は煙と硫黄《いおう》のにおいがしていた。ストウメクセが最近訪れた基地だ。

次に、ダメニツェル。これまでクルドゥーンに非常に多くの話をした男だ。かれは金属缶のような原始的宇宙船で、故郷惑星から近隣惑星に向かって出発したもの。そこではすでに一アルマダ工兵が、巨大なタコに似た採鉱ロボットで地面を掘りかえし、高山を開削し、貪欲に全大陸の資源をかき集めていたのだが、そうとは思いもせずに。

ダメニツェルは発展途上の技術文明に属する者で、無限アルマダとそのあくなき資源欲については想像もつかず、この遭遇はほとんど命とりとなった。

わたしがかれの命を救ったのだ、と、クルドゥーンは不機嫌に思った。ダメニツェルが逃げるように資源惑星を出発し、ちっぽけな小型船が資源コンテナのひとつに衝突したところを、わたしが捕らえ、息子として迎え入れたのだ。わが孤独を和らげ、わが愛情を享受するように。

ところが、かれはなにをした？

この恩知らずの親捨て息子は、なにをしたのか？

わたしを裏切り、恥知らずにもだましたのだ。慈悲と善意に、陰謀と悪意で報いた。

筏乗りはコースを修正し、高度をさげた。〝囚《とら》われ息子〟たちに向かって、純金の資源コンテナの十メートル上を浮遊する。

エンクリッチ・ファインのせいだ。クルドゥーンは湧きあがる怒りをあらわに、ひとりごちた。ひとえに、かれが悪い。ほかの二名を洗脳したのだ。気づくべきだった。かれの存在はただ不和をもたらすだけだと。

エンクリッチ・ファイン……！

トリイクル9を抜けた宇宙空間で、ファインを窒息させるべきだった。筏乗りはそう思った。アルマダ中枢から、トリイクル9に向かうよう命じられたとき、あの男の救難信号を無視するべきだったのだ。

だが、クルドゥーンは無視できなかった。

孤独のなせるわざで、宇宙をよるべなく漂う未知の宙航士を救いだし、筏に連れてきたのだ。孤独は、思考生物が想像しうるどの苦悩よりもつらいもの。クルドゥーンは長年にわたる遠征のせいで、他者との接触と会話に飢えていた。

たしかに、アンクボル・ヴールは愉快な仲間だ。熱血漢の蛮人で、神と悪魔、嵐と火山の精霊にまつわる不気味な伝説を知っている。それでも、ただの蛮人にすぎない。

まもなく、かれとの関係は退屈なものとなった。クルドゥーンはすべての囚われ息子を愛するようにアンクボル・ヴールに愛情を注《そそ》いだものの、より頭の切れる話し相手を望んだ。

次はダメニツェル……ほとばしる想像力と風変わりな逸話の持ち主で、おろかな生物だ。最近は頻繁にふさぎこみ、ぼんやりと物思いに沈んでいる。

ところが、エンクリッチ・ファインときたら……なんという違いなのか！

もちろん、この囚われ息子は醜い。ほんものの怪物だ。毛におおわれた頭、ひどく柔らかい皮膚に不格好な手足。それでも、クルドゥーンは知性体を外見で判断するほど無思慮ではない。

結局のところ、あらゆる種族がヒルクトと同じくらい美しく、完璧につくられたわけではないのだから。

エンクリッチ・ファインは、反感を起こさせるような醜い外見にもかかわらず、聡明な男だった。

ときに、聡明すぎたといえよう。クルドゥーンはさらに減速しながら、怒りをおぼえた。ファインはわたしからさりげなく情報を聞きだし、ほかの囚われ息子二名をたきつけ、わたしに殴りかかるチャンスを狙っていたのだ。

筏乗りは高度をさげた。

二対の脚でそっと着地して……銅だと、反射的に頭に浮かんだ……器用な鉤爪のついた把握肢で腰の制御装置に触れる。

角《つの》のような上顎を神経質に動かした。

高感度の視神経をそなえた頭部センサーがかすかに震え、映像を受信する。

囚われ息子三名のところまで、ここから二十メートルとはなれていない。

アンクボル・ヴールの姿は、不格好でまるみがある。まるで、しみひとつない銀のコンテナの表面に油の塊りが浮かんでいるようだ。

ダメニツェルは円柱のような脚、ずんぐりした胴体、継ぎ目なく紐のような胴体につながる正方形の頭部を持つ。肩から突きでた紐のような腕は、動く植物の蔓めいている。

そしてもちろん、エンクリッチ・ファインの姿もある。

エンクリッチ・ファインはクルドゥーンより頭ふたつぶん背が高い。二本の歩行肢と二本の把握肢。V字形の上体と、部分的に毛が生えた球体を彷彿《ほうふつ》させる頭部。

その宇宙服は、赤っぽく輝いている。

囚われ息子のだれもアルマダ炎を携えていない。

三名の頭上では、巨大昆虫の群れのように、アルマダ作業工が旋回していた。

クルドゥーンは、怒りのあまり叫びたくなる衝動をどうにかこらえた。

六体だ！　アルマダ作業工十七体のうち、六体も！

どうりで筏ロボット数体が命令にしたがわず、通信コードにも応じないわけだ。囚われ息子が意図的に作業工に損傷をあたえたか、破壊したのではないかと恐れていたのだが。

つまり、またもやエンクリッチ・ファインを過小評価していたということ。

この囚われ息子は、どうにかして不可能を可能にしたにちがいない……アルマダ作業工のプログラミングに細工し、服従させたのだ！

「なにが起きたのか、すでに理解したようだな、筏乗り」クルドゥーンの受信機からファインの声が響く。アルマダ共通語だ。囚われ息子には全員、ヒュプノ・メカ性の方法で無限アルマダの慣用句を教えてある。「つまり、状況が変わったとわかるはずだ。あんたの愛玩犬は牙《きば》を発達させた。これであんたが飼い犬に手を噛まれないようであれば、わたしは呪われて死んでもかまわない」

ファインがアルマダ共通語を完璧にマスターしたとはいえ、その言葉はたびたび、ヒルクトの死にゆく女王のように大げさだ。

「あんたの頭に雷を」アンクボル・ヴールがつけくわえた。「そして心臓に稲妻を。あんたの魂はわれわれの役にたつだろう、筏乗り！」

円柱脚のダメニツェルは、紐のような腕を動かしながらいう。

「魂はないのさ。おそらくポジトロン原理で機能する頭脳を持つ精巧なマシンだ。脳味噌は……」

「ああ、脳味噌か」ヴールがとどろくような声をあげ、うれしそうに舌なめずりする。

「脳味噌はうまいものだ。わたしは敵十二名を火の川で倒し、かれらの……」

「くわしい話は不要だ、ヴール」ファインがさえぎって、ふたたび筏乗りに向きなおる。

「聞いてくれ、クルドゥーン。条件を出そう。あんたはこれを受け入れたほうがいい。さもなければ、筏を分解せざるをえなくなる。そうなれば、あんたの貴重な大顎もだいなしだ。これで説明は充分だろう？」

クルドゥーンは、気を失いそうになった。

ぞっとする。これはただの脅しではない。ファインなら平然とこれを実行しかねない。ほかの息子二名は完全に洗脳されているようだ。

時間を稼ぐのだ！　クルドゥーンはおのれにいいきかせると、さりげなくベルトの制御装置に触れ、緊急信号を発した。視覚センサーが震える。さいわい、ファインはなにも気づかなかったようだ。

緊急信号はのこりの筏ロボットを呼びよせるだろう。到着まで長くはかからないはず。

クルドゥーンはひらめいた。ひょっとして、思いやりのある養父が息子に話すように語りかけたなら、かれらも分別をとりもどすかもしれない。

「なにをしている？」クルドゥーンは呼びかけた。「そのようなことがどうしたらできるのか？　わたしはおまえたちを実の子供のようにあつかわなかったか？　命を救ったではないか？　筏乗りとして多忙でも、おまえたちの懸念にいつでも耳をかたむける時間をつくったではないか？　おまえたちはなにをした？　アルマダ作業工を操作することは禁じられている！　聖なる卵にかけて、おまえたちはアルマダ炎さえ持たない！　無にひとしく、存在してはならないのだ。ただわたしによってのみ、存在する価値がある。エンクリッチ・ファイン、おまえがわたしに許しを請い、みずからのおこないを悔いるならば、温和な処置をとろう。不法行為をつづけるならば、ひどい罰がくだるだろう。囚われ息子にまだくだされたことがないような……」

ファインがすげなく言葉をさえぎり、

「おしゃべりはたくさんだ、筏乗り」と、うなるようにいう。「これで、あんたは罷免《ひめん》されたと思うがいい。われわれが筏の指揮を引き継ぐ。利口にしていれば、デッキ掃除をさせてやろう。さもなければ、われわれがそれを命じる。あんたがさらに失言しようものなら、作業工に解体させるぞ」

ヴールがおもむろに前後にからだを揺らし、

「ああ、解体か」と、いった。「わたしの得意とするところだ。三叉状の岩の麓《ふもと》で、トトナル・ルローンを解体して……」

ふたたび、アンクボル・ヴールは話を終わりまでつづけることができなかった。

ダメニツェルがふいに悲鳴をあげ、紐のような腕で上をさししめしたのだ。ファインは未知の言語でなにかを叫び、突然、武器を手にした。

アルマダ筏の武器庫にあったパラライザーだ！

囚われ息子がどうやって武器庫に侵入したのか、〝冷ややかな悪〟ならば知っているかもしれない。

だが、クルドゥーンは経験豊かな筏乗りだ。これは、恩知らずな囚われ息子との最初の諍《いさか》いではない。

筏乗りは、ファインが発射ボタンを操作しないうちに、オレンジ色の防御バリアを展開させた。そして電光石火、背嚢装置のジェット噴射で上昇する。

囚われ息子三名は、数秒で巨大なモザイク面上のちいさな昆虫と化した。

同時に先頭部から、のこりのアルマダ作業工十一体が飛びだしてくる。予想よりも早く、ロボットがクルドゥーンの緊急信号に反応したわけだ。

筏乗りは、憤激して長い大顎を軋ませた。

通信装置を作業工に対する命令周波に切り替え、歯擦音をあげる。

「囚われ息子を捕まえよ。裏切り者を無力化するのだ！」

クルドゥーンは上昇するのをやめた。囚われ息子たちの装備に飛翔装置をつけなかったのは、われながらいい決断だったと、内心で思う。ファインについては、連れてきたあとただちに、その宇宙服からほとんどすべての技術装置をはずしておいた。

この高さでは、かれらは追ってこられない。

クルドゥーンは緊張を解いた。

あとは、アルマダ作業工が再プログラミングされたロボットを無力化し、囚われ息子三名を捕まえるのを待つだけだ。それから……

筏乗りは陰鬱に思った。それから、三名はすべての親捨て息子にあたえられるべき運命に苦しむだろう。わたしは伝令使の助言にしたがい、三名をここから宇宙の虚無へほうりだすのだ。

眼下で、なにかが光った。

クルドゥーンのアルマダ作業工二体がつづけて粉々に吹きとんだのだ。三体めは擦過弾を受け、きりもみ状態で落下。そのまま資源コンテナに衝突し、大破した。

のこりの作業工はあらゆる方向に散開し、金属ボディのまわりにオレンジ色の防御バリアを展開した。

その〝敵ロボット〟を、ファインの作業工が三手に分かれて攻撃する。

クルドゥーンは激怒と恐怖のあまり、さえずるような声をあげた。

またもや相手を見くびりすぎたようだ！　エンクリッチ・ファインは戦いを想定し、これに応じて作業工をプログラミングしておいたにちがいない。奇襲に成功したのは相手のほうだった。

そして、ロボット同士の戦闘においては、百分の一秒が勝敗を左右する。

「降伏するのだ、筏乗り！」ファインのあつかましい要求が耳にとどく。「あんたにチャンスはない！」

クルドゥーンは返答をあきらめた。

アルマダ作業工同士の戦いから目がはなせない。これらの作業工は、この手の任務のために設計されたものではないのだ。防御バリアはもろく、装備といえば分子破壊銃のみ。それも資源コンテナを切りととのえるといった平和目的にかなったもので、そのプログラミングは、戦闘マシンのような戦術的・戦略的精巧さに欠ける。

ところが、ファインもまたこの点を考慮したようだ。

再プログラミングされたロボットは、はるかに精巧なものとなっていた。

まもなく、クルドゥーンの作業工が潰滅する。こっぱみじんとなった残骸が、資源コンテナのモザイクに汚れのようなしみをつけた。

筏乗りは恐怖のあまり身じろぎもせず、そのようすを見守った。すべてがあまりに恐ろしいほど速く進み、いまようやく現実を受け入れはじめる。

エンクリッチ・ファインとほかのできそこないの囚われ息子二名は、本気なのだ。かけがえのない筏ロボットを、ためらうことなく破壊した。おそるおそる、想像する。もし、なんらかの理由で資源コンテナの位置がずれたり、あるいはグーン・ブロックが故障したら、どうなるのか。

充分な数の筏ロボットなしで、どうやって修理すればいいのか？

そして、どのようにこの件をアルマダ工兵に説明したものか？

親捨て息子に対する激怒が、クルドゥーンの長年にわたる筏乗り生活で得た沈着さを押し流した。

ファインのアルマダ作業工ののこり四体を視覚センサーで観察しつつ、右の把握鉤爪で腰のマグネット・ホルスターから、祖先の武器〝ビス〟をとりだす。

武器のたしかな手ごたえが記憶を呼びさました。

若い女王候補として、種族の女王から直接、ヒルクトのアルマダ部隊旗艦に召喚されたあの日の記憶。そして、すでに何世代も女王から女王に引き継がれてきたビスを手わたされた瞬間の記憶。

あの瞬間、クルドゥーンはわかった。

おのれは、種族の年老いた庇護者のあとを継承すべき、選ばれた女王候補なのだ。そうと知り、勝利のよろこびで満たされたもの。

ところが、やがてアルマダ筏乗りに指名され、すべての夢が崩れさった。過去と性別を奪われ、かわりに孤独があたえられた。

のこされたのは、ただビスのみ。

深紅の円錐形武器をかかげ、再プログラミングされた筏ロボットに向けた。こちらに集団で向かってくる。

「降伏しろ、クルドゥーン」ふたたび、ファインの尊大で意地の悪い声が聞こえた。

「男らしく、敗北を認めるのだ」

〝男らしく〟か。クルドゥーンは思った。怒りに駆られ、大顎を軋ませると、ビスに圧力をくわえた。

円錐からエネルギー・ビームがはなたれたわけではない。ところが、いままでアルマダ作業工四体がいたはずのところに、突然、宇宙の漆黒よりも深い暗闇が口を開けた。

クルドゥーンはほんの一瞬、抗《あらが》いがたい吸引力を感じた。まもなく、深淵は色褪《あ》せていく。

筏ロボットは、跡形もなく消えた。

クルドゥーンは歯擦音をたてた。

満足して考える。これでかれらも恐怖をおぼえたことだろう。どの囚われ息子も、服従を拒めば罰をまぬがれないのだ。

エンクリッチ・ファインめ！

ひろびろとしたストウメクセ上にいる囚われ息子たちのちっぽけな姿を見おろす。エンクリッチ・ファイン、おまえにのこされた答えは死だけだ。ひょっとしたら、おまえの死により、ほかの親捨て息子二名は正気にもどるかもしれない。

一度のジェット噴射で、落下する石よりも早く下降する。

「死ぬがいい、このできそこない！」クルドゥーンはさえずるような声をあげた。怒りに、ますますわれを忘れる。

ビスをファインに向けた。

その輪郭が揺らめきはじめたと思うと、奇妙な宇宙服の赤色が褪せ、ファインは消えた。アンクボル・ヴールとダメニツェルも同様に。

筏乗りは驚愕のあまり、あやうく墜落するところだった。間一髪で、致命的衝突を回避する。

ありえない！

祖先の武器はまだ作動させてもいないのだ。にもかかわらず、ファインもほかの囚われ息子二名も、もうそこにいない。

しわがれた笑い声に仰天する。

ぎこちなく振りむくと、伝令使を発見。大きくジャンプしてこちらに近づいてくる。

「ただのホログラムですよ」と、伝令使。「あの役たたずたちにやられましたね、クルドゥーン。やつらはいまだ尾部にいて、そこからあなたをからかったのです。理由がわかりますか、クルドゥーン？」

伝令使は筏乗りのところまでくると、銅コンテナの上であえぎながらうずくまった。クルドゥーンは、伝令使に内心ばかにされているような気がしてならない。

「説明してくれ！」と、はげしく歯擦音をたてて告げた。

伝令使は、ふたたびかすれた笑い声をあげた。

「あなたの注意をそらすためです、クルドゥーン」と、不格好なヒルクト。「あの狡猾《こうかつ》な生物たちは、ホログラムであなたを司令室から誘いだした。妨害されることなく、よからぬ計画を実行するために。あなたは、まんまとその罠にはまった。筏ロボット相手に英雄的戦いをくりひろげ、時間を浪費したのです。ほら、筏乗り、おみごと……」

クルドゥーンはすごみをきかせ、伝令使に近づいていく。ところが到達する前に、不格好な者はくすくす笑いながら筏乗りを跳びこえた。

「わたしの口を閉じさせたりせず、話に耳をかたむけるべきだったのですよ、クルドゥーン」伝令使がしわがれ声をあげる。「とはいえ、筏乗りのクルドゥーンはなにもかも知っているし、すべてができる。あわれでおろかな伝令使よりもずっと賢い。そう、恐ろしいほど聡明です」

アルマダ筏乗りは黙りこんだ。やがて、

「囚われ息子たちはなにをするつもりだ？　さっさと話せ！　わたしが実際に時間を浪費したというのなら……」と、口をひらく。

伝令使はくすくす笑うと、次の瞬間、真顔になり、

「あの不誠実な連中は」と、憂慮するようにしわがれ声をあげた。「尾部を筏から切りはなすつもりです。ファインの考えにちがいない。その手の悪巧《わるだく》みを実行するような輩《やから》は、ファインだけでしょう。親捨て息子たちは、尾部のグーン・ブロックを分離し、筏を破壊する気です。あわれなストウメクセ。あわれな伝令使。もっとあわれなクルドゥーン」不格好なヒルクトが悲しげにいう。筏乗りはなにも答えない。手足に寒気《さむけ》を感

じた。外からではなく、内なる寒気だ。

どんなことがあっても、囚われ息子にその邪悪なもくろみを実行させてはならない。さもなければ筏が破壊されてしまう。そうなれば、貴重な積み荷の天然資源がもみがらのように虚無に消えるのだ。六年もの任務が……

クルドゥーンは、星々のきらめきの下の暗闇を探るように見つめた。そこには、筏の尾部が恒星間の闇にまぎれて横たわる。

思わず、身震いした。

そのどこかで、エンクリッチ・ファインとほかの囚われ息子二名が、おのれを待ちかまえているのだ。かならずくると知っているから。

突然、筏乗りは踵《きびす》を返した。

「いっしょにきてくれ」歌うような声で伝令使に告げる。「準備をしなければ」

2

一時間前、恒星がオオワシの渓谷の上に昇った。

西の地平線の上、手幅ふたつぶんほどのところに黄色恒星がかかっている。その光が色鮮やかな鳥たちを目ざめさせた。巨大なすり鉢状の谷をかこむ、藪におおわれたたいらな丘に巣をつくる鳥だ。

突然、轟音《ごうおん》が北のひろびろとした平地に響きわたり、青緑色の空のちぎれ雲の合間に、光点が出現。

光点は見る見るうちに大きくなり、球型の軽巡洋艦があらわれた。

「《セダー》だ」グッキーが口をもごもごさせていう。

このとき、ニンジンの切れはしが口からこぼれ、グリーン湖のほとりの丈の低い芝生の上に落ちた。上空から鳥のさえずりが聞こえる。レモンイエローのスズメほどの大きさの鳥が急降下し、飛びながらニンジンの切れはしをくわえると、次の瞬間、ふたたび消えた。

ネズミ＝ビーバーは息をのみ、

「これが最新の証拠だね」と、憂鬱そうにいった。「人類が未開惑星に着陸したとたん、楽園に窃盗事件が起きる。鳥たちでさえ、この呪縛から逃れられないのさ」

ラス・ツバイがびしょ濡れのまま、湖からあがってきた。テレポーターが動くたびに、黒い肌が光る。恒星光が水滴で屈折するせいだ。

「それは思いちがいというもの」ツバイがネズミ＝ビーバーに反論する。気持ちよさそうなうなり声をあげながら、バスタオルでからだを拭《ふ》くと、それを腰に巻き、グッキーの隣りの芝生にすわった。

「思いちがいだって？」ネズミ＝ビーバーが金切り声をあげた。「最後に似たようなことをいったやつは、いまだに病床からハイパー通信でぼくに許しをもとめてるぜ。かれこれ三百年前からね」

ツバイは手を振り、

「ブリーの話はよそう。いずれにせよ、充分に厄介な話なのだから。で、鳥の話だが……実際、きみはまちがっているのさ。あれは鳥ではない」

「鳥じゃないって？」イルトは唖然として、その大きな目でツバイを見つめた。「あれが鳥じゃないなら、ぼかあ、おかしくなってるってことだ！」

「鳥ではない」ツバイがきっぱりと告げた。「鳥に化ける草原ネズミなのさ、わかるか？　翼も羽毛も、嘴《くちばし》さえ……ぜんぶ擬態する」

イルトは納得したようには見えない。顎を掻き、毛皮におおわれた頭を振りながら、

「でも、なんだってその草原ネズミは鳥に化ける必要があるのさ？」と、大声を出す。

「意味ないよね！　翼を得て、飛び方を学んだところで、その努力がネズミにとってなんになるというの、ラス？」

「完全に明白なこと」テレポーターが横になり、にっこり笑った。「だれにも尻尾を踏まれないためさ」

グッキーは、空気をもとめてあえいだ。

「そりゃいいや……！」

「……尻尾をつかまれないなんてな」聞き慣れた声が文章を完結させる。

藪におおわれた起伏の向こうから、長身痩軀《そうく》の男が近づいてきた。グレイの目に、時間を超越した顔をしている。

そうだ。時間を超越したとはよくいったもの。ラス・ツバイはすわりなおし、ペリー・ローダンに向かって挨拶のつもりでうなずきながら、そう思った。なにげなく、頸にかけた鎖の先端にある卵形の細胞活性装置に触れる。自分にとってもペリーにとっても、時間は意味を失った。時が経過しても、われわれ不死者にはなんの影響もない。人は生まれ、年をとり、やがて死んでいく。だが、われわれはすでに人々が生まれる以前から

存在し、人々から忘れられたあとも生きつづける。

苦悩のようなものが、ツバイの胸を締めつけた。

疲れてひとり暗闇に横たわり、魂の底から映像があらわれるとき、いつもとらわれる悲しみだ。数百年前にとうに亡くなり朽ちはてた旧友たちの顔や、しばらくのあいだ同じ道をともに歩んだ者たちの記憶。やがてかれらは、忘却の彼方に消える。それが、死にゆくすべての者を待ち受ける運命だ。

それでも、かれらはツバイのなかで存在しつづける。

人々の肉体という殻は失われても、その笑顔も言葉も行動も……すべてが記憶のなかで生きつづける。

ときどき、ツバイは思う。忘れることができたらいいのだが、と。

「ラス？」

ローダンの声に、現実へと引きもどされた。

「瞑想してるんだよ」と、イルトが陽気な笑い声をあげる。「いまみたいに超俗的な顔をしてるときはいつだって、アフリカの低木林地にいて、腰巻きと槍でサイを狩りたてる夢をみてるのさ。若いころ、そうしてたように」

ペリー・ローダンは、眉間《みけん》にしわをよせ、

「サイを狩るのに腰巻きがなんの役にたつのか？」と、困惑したようにたずねる。

ネズミ＝ビーバーは、純白の一本牙を光らせた。

「目の前で結んで、サイが自分の姿を見られないと思いこむのさ。昔のアフリカの狩猟方法だよ。ぼくが名ハンターだった時代には、一度シュレックヴルムを……」

「時間は貴重だ」ツバイがきっぱりと中断する。「恥ずかしげもないでたらめ話に浪費するのは、あまりにもったいない」

「まさしく」ペリー・ローダンは賛同しながら、北の平野にある鋼でできたような山を見やった。《セダー》の着陸場所である。《バジス》搭載軽巡五十隻のうちの一隻だ。谷から、大きな貨物グライダーの隊列が接近してくる。

「時間は貴重だぞ」ローダンが軽い皮肉をこめてつづけた。「日光浴しながら無為にすごすのは、あまりにもったいない」

「換言すれば、活動しろってことだね」と、グッキー。

「そのとおり」ローダンがうなずき、くつろいだ姿勢をとる。「M－82じゅうに散開した銀河系船団の捜索が進行中だ。ほとんどの艦船が早晩、バジス＝1の星系内に到着すると、わたしは期待している」

ラス・ツバイが口をゆがめた。

「アルマダ工兵がわれわれにちょっかいを出してこなければ、ですが」

銀色人は……アルマダ工兵は肌の色にちなんでそう呼ばれている……すでに銀河系船

団の宙航士たちをあざむいたことがあった。船団が全滅したと嘘をつき、飴と鞭《むち》を巧みに用い、テラナー宙航士に任務を強要することに成功したのだ。

「アルマダ工兵の件はわたしがかたづける」ローダンが辛辣《しんらつ》にいう。

ローダンのいいたいことは、口に出さなくともツバイにはわかった。アルマダ工兵ヴァークツォンがトリックを使い、ローダンの組織細胞を入手したのだ。それ以来、宇宙ハンザの首席スポークスマンは、〝ローダン・シンクロニト〟により精神的に乗っとられるのではないかと恐れている。

アルマダ工兵ワルケウンの採掘惑星に出撃したさい、テラナーたちは一シンクロドロームの座標を入手した。アルマダ工兵がクローン化実験をしている基地である。そこでローダンのシンクロニトも生みだされているのだ。

グッキーはポケットからニンジンをもう一本とりだすと、うれしそうにこれをあらゆる角度から眺めまわし、たずねた。

「つまり、長いこと待ちかねた出撃がひとつ、とうとう目の前に迫ってるんだね？」

「出撃はふたつだ」ローダンが訂正する。「第一遠征隊はシンクロドロームを目的地とする。任務は、シンクロドロームを制圧し、シンクロニトを全滅させること。テーベ級五隻、軽巡二十隻、コルヴェット二十隻で編成する」

「まさに、ほんものの艦隊《アルマダ》じゃんか」イルトがふざけていった。「了解。で、ぼくの出撃はいつ？　だって、あんたがぼくを指揮官に任命するのは疑問の余地がないよね？　ぼくのほか、この任務に必要とされる経験と勇気がだれにあるっての？」

「たとえば、わたしだ、ちび」ローダンは笑みを浮かべた。「結局、この問題は、わたし自身に関わることなのだから。そうだろう？　わたしが遠征隊を指揮する。同行者はクリフトン・キャラモン、ゲシール、コスモクラートの使者タウレクだ」

グッキーは、不機嫌そうに一本牙でニンジンにかぶりついた。

「で、あんたの留守中にバジス＝1で代理をつとめる栄誉はだれが享受するのさ？」

「ロワ・ダントンだ。退屈していると、すでに本人から文句があった。基地における任務で、休むひまなどなくなるはず」

「やれやれ」と、グッキー。「換言すれば、あんたの最高メンバーは……あらゆる誤解を防ぐためにいっとくけど、ぼくのことさ……このまま冷遇されるわけだ。こうして宇宙ハンザは、もっとも価値ある才能をむだにしてる」

ツバイはしかめ面をしてみせ、イルトの怒りに満ちた視線を無視した。

「出撃はふたつといったはずだ」ローダンが根気よくつづける。「惑星ナンドに出撃したさい入手したのは、シンクロドロームの座標だけではない。ハミラー・チューブの分析により、アルマダ筏の飛行コースについての情報もわかった。このアルマダ筏というのは、採掘惑星から工業処理センター、つまりアルマダ工廠まで天然資源を輸送する役割をになっているようだ」

ツバイはローダンを見あげた。

「つまり、ようやくアルマダ工廠のひとつが見つかると思っているわけですね？」

「そのとおりだ」と、ペリー・ローダン。「われわれ、飛行コースとハミラー・チューブによるいくつかの推測をのぞけば、アルマダ筏についてほとんど知らない。大きさも装備も総数もわからない。その重要性からおそらく、どこかのアルマダ部隊が護衛しているだろうから、脅威となりうる。きわめて危険なため、この遠征には」ここでローダンは笑みを浮かべた。「わが最高メンバーを派遣せざるをえない。ラスも同行してもらう」

「何隻で？」ツバイが簡潔にたずねた。

「《セダー》一隻だけだ。指揮官はジェン・サリク。深淵の騎士にはアルマダ筏のコースを追跡してもらう。おそらく時間がかかるかもしれないが、アルマダ部隊に用心していれば、不可能な任務ではない。《セダー》が筏を見つけたら、ラス、グッキー、きみたちの出番だ。出撃コマンドのチームを筏に侵入させ、アルマダ工廠への旅に同行しろ。あとは……」

ローダンは曖昧《あいまい》なしぐさをした。

「即興演奏だね」と、イルト。「ぼくたちの得意技さ」

「得意技のひとつだ」ツバイが訂正する。ふたたび、ローダンに向きなおると、「いつ、出発しますか？」と、たずねた。

ペリー・ローダンはアームバンド・クロノグラフを一瞥し、《セダー》を見やった。直径百メートルの球型艦は、テラ基地のあるオオワシの渓谷につづく平野に楕円形の影を落とす。

緑の絨毯《じゅうたん》の上の焼け焦《こ》げのように、溶岩地帯が草原のあちこちにひろがっていた。煮えたぎったのち、ガラスのようにかたまっている。なかには数平方キロメートルにおよぶものもある。

この惑星にとり、ほとんど命とりとなるところだった、恒星ハンマーのシュプールだ。

ペリー・ローダンは咳ばらいした。

「《セダー》の出発は、まもなくだ。ほんのすこし急いだほうがいいかもしれない」

「やれやれ」グッキーはそういうと、おっくうなようすで立ちあがった。はちきれそうに膨《ふく》らんだ腹をほとんど愛おしむようになでる。一キログラムのニンジンが入っていたポケットはからっぽだ。「急がせてよかったためしはないよ。ちょっと食後休憩すれば、アルマダ筏なんてぼくの思いどおりさ」

その目が一瞬、遠くを見つめたと思うと、グッキーは非実体化した。生じた真空に、空気がちいさな音をたてて吸いこまれる。

ツバイはため息をつき、

「ちびのあとを追ったほうがよさそうです」と、つぶやいた。「おそらく、直接《セダー》の食糧貯蔵庫にジャンプして、乾燥ニンジンをチェックしているでしょうから」

ペリー・ローダンは、考えこむようにツバイを見つめ、

「ひょっとしたら」と、ツバイの腰に巻かれたバスタオルに目を向けながら告げた。「その前になにか着たほうがいいだろう。さもないと《セダー》の女性乗員がきみの服装について誤解しかねない……」

テレポーターは悪態をつきながら、服をつかむと姿を消した。

しばらく、ローダンはグリーン湖のほとりにすわったまま、エメラルド色の湖水を見つめていた。その表情が曇る。最近よくそうなるのだ……無限アルマダのどこかでおのれのドッペルゲンガーであるシンクロニトが成長し、不気味な力でこちらを支配するほど充分に強くなる日を待っていると考えると。

やがて立ちあがり、急いですり鉢状の谷にもどった。

シンクロドロームをめざす第一遠征隊の出発まで、あと数時間。ゲシールとふたりきりですごしたい。

上空の雲が厚くなった。ひょっとしたら、雨が降るかもしれない。

3

「きみたちは〝瓦礫《がれき》の騎兵〟というのがなんだかわかるか？」エンクリッチ・ファインはたずねた。「ほかの男女数千名とともに安全な宇宙船をはなれ、冷たい宇宙空間に飛びだすのがどういうことか、わかるか？　ひとつひとつが家の大きさほどの無数の瓦礫群を想像できるか？　チーズの塊りに群がるハエのように瓦礫にへばりつく人間を想像できるか？　できまい。みずから経験しなければ、だれにも信じられないだろう。無数の瓦礫塊のすべてに人がひとりずついるんだ。宇宙の暗闇と虚無の真空から守ってくれるのは宇宙服だけ。不格好な岩の破片が、瓦礫の騎兵を乗せて弾丸のように暗闇をはしる。だれもが自分ひとりで、死は全員とともにあり……」

額から汗を拭《ぬぐ》った。彼方を見つめ、思いを馳せる。記憶は楽しいものではなかった。

まったくそうではない！　エンクリッチ・ファインは震えながら思った。

「ぜんぶで何人いたのか、わたしにはわからない」かすれ声でつづける。「テラナー三、四万人か、ひょっとしたらもっと多かったかもしれない。それはどうでもいいこと。あのとき、だれもが自分だけがたよりだった。〝自転する虚無〟は間近に迫り、身を守るものはセラン防護服の特殊装置だけ。目の前には異宇宙船による包囲網がある。二十五万隻という、だれにも想像できない数だ。おびただしい数……それでも、無限アルマダのほんの一部にすぎない。

ほかの者にならって、わたしも溶接されたように瓦礫塊のひとつに張りついた。瓦礫塊は、セラン防護服のエンジン装置によって動きだし、巨大艦隊に向かって疾走する。このまま突破を試みると見せかけなければならない。すべては、敵艦隊に包囲された銀河系船団を脱出させるための作戦だ。われわれが接近すると、敵は瓦礫を掃射した。だが、われわれはとうに岩塊をはなれ、気づかれることなくアルマダ艦に接近していた。その態勢を崩し、針のひと刺しで敵を混乱におとしいれるためだ」

ここでふたたび、エンクリッチ・ファインは口を閉じた。

薄闇が、ストウメクセの後方グーン・ブロックの制御室にあたるドーム空間に満ちていく。アンクボル・ヴールとダメニツェルは防護服を脱いでいた。この制御室は呼吸可能な酸素が占める。ファインにとっては暖かすぎるとしても。

「わたしは、ふたつの箱形側部を持つ鋼球に近づいていた。そのとき、ことは起きた」

ファインはつづけた。「稲妻のようなものが光り、エネルギー・ビームがはなたれたのだ。命中こそしなかったものの、ごく近くをかすめた。わたしは放射フィールドの有効範囲内に引きずりこまれ、その衝撃で意識を失った。気づくと、すべては終わっていて、こんどは本当にひとりきりになった。瓦礫部隊のほかの仲間は全員、姿を消していた。銀河系船団の無線標識もない。周囲はアルマダ艦だらけだった。かれらの目的はただひとつ、自転する虚無すなわちフロストルービンだ。アルマダ種族は、これを〝トリイクル9〟と呼ぶが。

わたしにはわかった。銀河系船団は脱出口をもとめてフロストルービンに向かったにちがいない。無限アルマダはそのあとを追っているのだ。のこされた唯一のチャンスは、わたしもまた自転する虚無にあえて飛びこむことだけ。そういうわけで、わたしは通信機のスイッチを入れ、無限アルマダに援助をもとめた。だが、時間が過ぎても返事は得られないまま、酸素がつきかけてくる。

おまえは死ぬのだ、エンクリッチ・ファイン……自身にそう語りかけた。フロストルービンが破壊した銀河の残骸のはざま、テラから三千万光年もはなれたところで死ぬのだ、と。

ところが、やがてこの船があらわれた。いや、船ではない」ファインはしかめっ面をした。「ストウメクセという名のアルマダ筏だ。筏乗りのクルドゥーンがわたしの救難信号を受け、救助してくれた。そのつづきの話は、きみたちも知ってのとおりだ」

アンクボル・ヴールは短く太い腕を風船のように膨れた胴体に当て、非常によく動く短い頸に鎮座する鎌形のこうべをめぐらせた。

「いい話ではないな」不格好な胴体の前面にある柔軟な発話膜から声が響いた。「きみはまだ敵をひとりも倒していない、エンクリッチ・ファイン。なぜ、いま話すのだ？　物語は敵を串で焼きあげてから語るべきだ。クルドゥーンはまだ倒されていない」

ファインは唇をひねり、ゆがんだ笑みを浮かべ、

「野蛮な友よ」と、つぶやく。「きみが筏乗りを食って胃をやられないといいのだが」

それから、ダメニツェルを見やる。

円柱脚は、持参した食糧をすでにたいらげていた。部屋の中央に奇想天外な彫刻のようにそびえたつ構造物を、紐のような腕で興味津々《きょうみしんしん》にさわっている。

「どうやってこれが機能するというのか？」ダメニツェルが困惑したようにうなる。「何物にも見えない……ただのがらくたのようだ」

がらくたか。そうともいえると、ファインは思った。それでも、このホログラム・プロジェクターは機能するのだ。たとえ、どういう原理で動くのかを知っているのは〝工芸家〟だけだとしても。

囚われ息子たちが虚無に消えたさい、クルドゥーンはさぞかし驚いたことだろう。想像しただけで楽しくなる。ホログラム・プロジェクターがうまく機能したおかげで、筏乗りを先頭部の司令室か

ら誘いだせた。筏内のじゃまなアルマダ作業工を排除し、ここ尾部から資源フックの分解をはじめる絶好のチャンスだ。

ファインはむらさき色の蛋白《たんぱく》質粥の入った容器をわきに押しのけ、コンピュータ・ブロックのカバーに肘をついた。

だが残念なことに、尾部のグーン・ブロックは制御機能をとめられている。これで計画が困難となった。とはいえ、不可避の事態はしかたがない。エレクトロン・バリアを解除する方法は、三名にとってこのアルマダ筏におけるもっとも強力な同盟者の工芸家でさえ、まったくわからないだろう。

ファインは咳ばらいし、

「ひょっとしたら、あとでホログラム・プロジェクターを利用できるかもしれないが、クルドゥーンがここにあらわれたらの話だ」と、告げた。「二方向伝送ができなければ、プロジェクターは役にたたない。アルマダ作業工なしでは二方向伝送は不可能だ」

アンクボル・ヴールが突然、昔の海洋汽船の警笛のような甲高《かんだか》い声をあげた。あまりのけたたましさにファインは苦痛を感じ、耳介《じかい》に両手を押しつける。手足が震えだした。頭が破裂しそうだ。

ダメニツェルはすばやく蛮人に二歩近づき、その風船胴体を紐のような腕でたたいた。

警笛がようやくやんだ。

「聖なる星々よ！」ファインがあえぐようにいう。「気でも狂ったか、ヴール？　いまの騒音はなんだ？」

鎌形頭のとがった先端ふたつにある複眼がじっとテラナーを見つめた。なんだか悲しそうだ。ファインはそう思った。

「〝ホロ・ホロ〟の魂が死んだのだ」と、蛮人がため息まじりにいう。「死んだあと征服者の胃を通して生者の国にもどれない者は、その命を嘆きの歌のなかにもう一度見つけるしかない。これを理解しないのはおろか者だ」

「プロジェクターをひとかじりしてみたらどうだ」ダメニツェルが意地悪くいう。「ひょっとしたら、うまくいくぞ。きみは喉を詰まらせるかもしれないが」

蛮人は鎌形のこうべをめぐらせ、

「もうやってみたとも」と、悲しそうにいう。「だが、すべての魂と同じくホロ・ホロもまた食用に適さなかった。だめだ、やはり歌わなければ！」

「歌ってもかまわないが、小声でたのむ、わかったか？」ファインがうなるようにいう。

警笛がふたたび聞こえた。こんどはずっとしずかだ。一瞬、テラナーは目を閉じ、ヴールがその咀嚼《そしやく》触手の鋭い歯でホログラム・プロジェクターの金属フレームにかじりつくようすを想像して思う。二度とヴールと同じ部屋で寝るものか。こいつは野蛮なだけでなく、危険な存在だ。わたしを夕食と勘違いしかねない。すべての暗黒星雲にかけて、食人種とともに行動するなら、充分に気をつけなければ。

「疲れた」ダメニツェルの金切り声が耳もとでした。「三人とも疲れている。さらに作業をつづける前に休もう」

ファインはふたたび目を開き、かぶりを振った。

そして、リル人にはこのしぐさが理解できないだろうと気づき、「いや」と、口にする。「すばやく行動しなければ。クルドゥーンは事情を知っている。可及的すみやかに尾部にやってきて、われわれを排除しようとするだろう。なにがあろうと、資源フックを分解させるわけにはいかないのだから。ここがチャンスだ」

ダメニツェルのくすんだピンク色をしたもじゃもじゃの視覚環がわずかに暗くなる。リル人が集中して考えこんでいるサインだと、ファインはすでに知っていた。

「どこがチャンスなのか、わたしにはわからない」と、ダメニツェル。「きみは種族の船に助けをもとめるつもりだといった、エンクリッチ・ファイン。じつにいい。その種族がわたしをわが故郷惑星ニ＝リルに送りとどけると、きみは約束した。これもいい。だから、わたしはきみを手伝うことにした。だが、筏を解体してどうなる？」

ファインはため息をついた。

「われわれ、先頭部の司令室に向かわなければならないのだ」と、根気よく説明する。「そこでのみ、銀河系船団を呼びだすことのできるハイパー通信装置が見つかるだろう。

だが、その通信装置に到達するには、まずクルドゥーンをおびきださなくては。あの筏乗りを見くびってはならない。かれは賢く、経験豊富で、この筏をわれわれよりずっとよく知っている。さらに、われわれは急がなければならない。ストウメクセは早晩、目的地に到達するのだから。そのときまでに、仲間に救難信号を送れない場合……」

最後までは口にしない。

この可能性については考えたくなかった。クルドゥーンの話によれば、自分たちが最初の囚われ息子ではなさそうだ。この筏乗りはすべての遠征において、採掘惑星から知性体一、二名を連れさり、長旅のひまつぶし相手にしてきたらしい。

囚われ息子や娘はアルマダ筏乗りの孤独を和らげる。しかし、筏が荷をおろしたら、どうなるのか？

クルドゥーンのもと囚われ息子たちはどうなったのだろう？　殺されたのか……あるいは、クルドゥーンに命令を出す未知者が引きとったのか？

いまはどうでもいい、と、ファインは辛辣に考えた。ストウメクセと同じく、銀河系船団もフロストルービンを通過した。どこか近くにテラの宇宙艦船がいるにちがいない。ひょっとして運がよければ、《ファイデルヘイト》がみずからハイパーカム通信に応えるかもしれない。おそらく、カラック船では、すでにファインがもどってこないものとあきらめているだろうが。

「それでも」円柱脚が主張した。「きみが誤っていたなら？　仲間の船が遠くはなれてしまったのだとしたら？……あるいは全滅していたなら？　銀河系船団は圧倒的な敵を前にしていると、きみ自身がいったではないか、エンクリッチ・ファイン？　アルマダ筏を分解したとしよう。きみの仲間が迎えにこなかった場合、われわれはどうなる？　教えようか。罰せられるのだ。殺されるかもしれない。

ひょっとしたら、きみの目にはわたしは未開人にうつるのかもしれないな、ファイン。わたしは銀河間航行をする種族に属さない。リル人はようやく自身の星系を探査しはじめたばかりだ。それでも、われわれ、おろか者ではない。アルマディストはストウメクセをそうやすやすとはあきらめないぞ。目的地に到達しなければ、捜索するはず。筏を見つけ、なにが起きたかを知るだろう。そうなれば、犯人探しがはじまる。われわれは殺されるのさ、エンクリッチ・ファイン」

アンクボル・ヴールは、まだ蛮人の葬送歌を歌いつづけている。早くやめてくれればいいのだが。ファインはそう望んだ。歌の響きで背中に鳥肌がたつ。

「ほかに方法がないのだ」と、応じた。「どうした、ダメニツェル？　まだ宮廷道化師《どうけし》の役割を演じるつもりか？　それに、たとえアルマダ筏が目的地に到達したとして、そのあとわれわれが殺されないとなぜわかる？　クルドゥーンは、これまでつねに、われわれにこの先なにが起きるか明かすことを拒んできたもの」

ファインは不気味な笑みを浮かべて、

「拒む理由が筏乗りにはあるのだ。いや、ダメニツェル、ほかに選択肢はない。逆らうか、破滅するかだ。わたしは自由人類であり、だれにも従属しない。ストウメクセでクルドゥーンの奴隷としてのこりの人生をすごすつもりなどない」

わたしが銀河系船団にもどることが重要なのだ、と、ひそかに心のなかでつけくわえた。わが自由と命のためだけではない。ペリー・ローダンは無限アルマダに関するあらゆる情報を必要としている。ストウメクセのコンピュータに採掘惑星数十の座標が保存されていなければ、わたしはブラックホールにのみこまれてもかまわない。この情報がローダンの助けとなるかもしれないのだ。ひょっとしたら、天然資源供給という無限アルマダの生命線に手をかけ、われわれを対等な交渉相手として認めるよう、相手の司令部に強要できるかもしれない。

ダメニツェルは身を乗りだした。

頸のない正方形の頭部上にある視覚環が、いまはほとんどオレンジ色に見える。

「テラナー」リル人が割れ声を絞りだす。「エンクリッチ・ファイン、きみは約束を守るか？　約束どおり、わたしをきみの仲間の船でニ＝リルにもどしてくれるのか？」

ファインが唇を湿らせた。

「銀河系船団の船がわたしを迎えにきたら」と、慎重に応じた。「きみもわたしに同行するのだ、ダメニツェル。仲間がきみをニ＝リルに連れていくだろう。必要とあれば、わたしが直接指揮官にたのもう」

ダメニツェルが姿勢を正し、

「よかろう」と、いった。「きみを信じよう、エンクリッチ・ファイン。クルドゥーンとの戦いにおいて、わたしをあてにしていい」

エンクリッチ・ファインは必死に祈った。どうか約束を守れるようにと。

アンクボル・ヴールが警笛のような歌を終えた。

「戦いだと？」蛮人はとどろくような声をあげる。「戦いと聞こえたが。鬨《とき》の声と戦いのどよめきか？　大勝利と食材で満たされた深鍋か？　いいか、もっとも太った敵がわたしのものだ！」

「そんなにあわてるな」ファインが手を振った。「戦いの前に、たくさん働いてもらわなければ」

「働くのはいい」ヴールが発話膜から響きわたる声でいった。「働く者は空腹になる。空腹な者はさらによく戦う。骨の谷でナスタスヴェルと戦う直前、われわれは三日三晩働きづめだった。戦勝祝賀会で使う充分な焼き肉用串を用意するためだ。敵を倒しても、串の欠如によって相手の名誉を傷つけたくはなかったからな」

聖なる星々よ！　ファインは気がめいった。なぜ、このいまいましい食人種は、あらゆる行儀のいい生物のようにステーキとイチゴ氷の夢を見ないのだろう？

悪態をこらえ、姿勢を正した。ヴールが不摂生なライフスタイルの恐ろしい詳細を披露する前に、テラナーは説明する。

「きみたちは資源フックの分解を進めてもらいたい。わたしは、まだほかにすべきことがある。それを終えたら、あとから行くから」

ダメニツェルは、疑うように視覚環をテラナーに向けた。

「なにをするつもりだ、エンクリッチ・ファイン？」

「そうだ、なにをするつもりだ？」アンクボル・ヴールが声をとどろかす。「なにかおいしいものをつまんでくるつもりか？」

ファインは、まばらな褐色の髪をかきわけ、

「スクラップ置き場に行く」と、答えた。「そこで工芸家に確認しなければ。わたしの依頼を実行したかどうか」

＊

遠い異銀河の星々のもとでは、資源コンテナの奇抜なモザイク模様さえ、心安らぐ光景だ。

足もとの資源コンテナのたしかさのおかげで、虚無に圧倒されることも、みずからを

失うこともない。

エンクリッチ・ファインは探るように周囲を見まわした。

ヘルメットの残光増幅装置のおかげで、方向の見当がつく。

二名の囚われ兄弟は、すでにアルマダ筏の尾部に向かった。分子破壊銃で資源フックを消滅させるためだ。だが、ファインは幻想をいだいてはいない。この方法では、筏を解体するのに数ヵ月かかるだろう。

分子破壊銃による解体は、ひとえにクルドゥーンを尾部におびきだし、先頭部のグーン・ブロックにある司令室を占領するため。

実際にストウメクセを危険にさらすには、爆弾が必要だ。

ファインは唇を引き結んだ。

ほかのすべての可能性が消えたら、この最終手段に出ると決心していた。工芸家に、これからも自分に協力する用意があるかぎりは……

工芸家のことを考えると、不安に駆られる。それでも、計画を実現するには工芸家とさらに協力しなければならない。

考えにふけりながら、グーン・ブロックの巨大なU字形をつなぐバーを一瞥する。ストウメクセはいつ超光速航行を開始するのか。

超光速航行に入れば、負けたも同然だ。

なぜなら、クルドゥーンから聞きだしたところだと、それが目的地直前の最後の超光速航行だから……その目的地がなんであるにせよ。

時間がない、と、ひとりごちた。決行するのだ、いまいましい！

足もとの床は、純プラチナからなる長さ百メートル、幅二十メートルの資源コンテナだ。柔軟な資源フックのおかげで、このコンテナと前方に隣接する亜鉛コンテナのあいだに隙間はない。ただ、かすかな継ぎ目と床の色の変化だけが境界をしめす。

ファインはジャンプした。人工重力はごくわずかだ。ひとっ跳びで六十メートルほど前進する。

目の前に、スクラップ置き場が出現。まるで、完璧にたいらな平原上の切りたった山のようだ。

ひろさは三十万平方メートルほど。〝山〟の頂きは二百メートルの高さまでそびえる。曲がった金属板、内部部品を抜きとられた未知のマシン、定義できない鉄屑の塊り、壊れたマイクロチップとエレクトロン部品が満載の容器、燃えつきたエネルギー蓄電池など、無数の物体がえたいのしれない混沌を形成している。

山は遠方からは大きく見える。近づくと、洞窟のような穴が出現。ぎざぎざの鋼の隆起、ジグザグにはしる切り口、ボウル状の窪みと薄暗いトンネル。その内部は、残光増幅装置さえ照らすことができない。

不安が高まった。工芸家のもとを訪れると、いつもそうなる。

スクラップ置き場から、死の呼吸が発散されているのだ。崩壊、腐敗、不気味な冷気のオーラが。

エンクリッチ・ファインは不機嫌に、この好ましくない思いを振りはらった。

スクラップ山には、なにも謎めいたところはない。まだ充分に再利用可能なあらゆる資源の集積所だ。ファインがアルマダ筏にひろわれて以来、無限アルマダの艦が二度ほどストウメクセに近づき、再利用可能な廃棄物を置いていったことがある。

どうにか使えそうなものは、無限アルマダの工業処理センターで再加工されるのだ。わたしが不安なのは工芸家のせいだ。エンクリッチ・ファインはひとりつぶやき、スクラップ山の周辺に到達すると、裂け目のたくさん入った巨大な塊りを見あげた。スクラップ山は魔法のかかった不吉な城で、工芸家はその不気味な護衛なのだ。

子供時代に聞いたおとぎ話の記憶がよみがえる。妖精、魔法使い、竜、恐ろしい場所に住む恐ろしい生物。これら幼いころのおとぎ話は、荒涼とした暗黒の宇宙ではまったく異なる性質を帯びる。静寂のなか、だれも聞いたことのない声がささやき、星々はなにも見逃さない目となる。

エンクリッチ・ファインは、腰のビニール袋を手で探った。絶対零度の寒さのなかでさえ、袋の中身はまだかたまっていない。

袋は重くない。

そのなかにはコンピュータ部品がいくつか入っていた。ファインとダメニツェルが分子破壊銃で尾部グーン・ブロックのコンピュータ複合体から切りとったものである。工芸家は三名の力になってくれたとはいえ、私利私欲がないわけではない。無償では手を貸さないのだ。

しかたない、と、ファインは思った。

これに関しては、なんのためらいもない。工芸家に支払うためなら、グーン・ブロック全体をばらばらに解体し、みずからの手でスクラップ置き場まで引きずってもいい。工芸家だけが、計画の実現を可能にするたのみの綱なのだ。

ホログラム・プロジェクター同様、分子破壊銃も工芸家の巧みな手による産物だった。ファインがこれまでにアルマダ筏についてで入手した情報も、ほとんどが工芸家のおかげである。

テラナーはからだをすくめた。

目の前の、曲がった鋼部品が積み重なった混沌のなかに三角形の穴が出現したのだ。トンネルの入口だ。

わずかな重力のなか、足もとの床からはなれないよう慎重に、ファインは動きだした。穴が歯のない口のようにおのれをのみこむ。

数秒で残光増幅装置があらたな光環境に順応。険しい壁とでこぼこの天井からなる薄暗いホースのような道には、ところどころ、壁に鋭い突出部があった。入口からほど近い場所では、天井から薄い金属プレートが垂れさがる。

まるで、ギロチンに見えた。

ずいぶん歓迎されているようだ。エンクリッチ・ファインは皮肉に思った。ナイフのように鋭いプレートの下をすばやく通りすぎる。あまりにたくさんの貴重な時間をすでに失った。クルドゥーンはもう尾部に向かったかもしれない。

二十メートル進むと、トンネルは直角に曲がり、一時的にひろくなった。つづいて、身動きがとれなくなりそうなほど、せまくなる。

それでも、いつものごとく、押し進む。

わずか十数歩で、トンネルから窪地のような場所に出た。

恒星光が、残光増幅装置の受容システムを作動させる。目の前で、トンネルの暗いグレイがかすかな明るさに変わった。

窪地はほぼ円形で、直径七、八十メートルほど。周囲には、シリンダー状のマシン部品からなるかたむいた壁が星々に向かってそびえる。使い古した噴射エンジンの圧縮室だろうと、ファインは思った。とはいえ、賭けをするつもりはない。

地球外種族の技術的産物を人類の目で見れば、しばしば誤った判断をくだすことになるから。

窪地の底になっているのは、ウランの資源コンテナだ。セラン防護服の放射計測装置がレッドゾーンをしめすが、防護服が守ってくれる。

いたるところに用途不明のマシンが散乱し、未知動物の骨格のようにそびえたつ。ほとんどが未完成だが、なかにはすでに完璧にととのえられた外装が施されたものもあった。逆に、なかば解体されたものもある。これらのマシンはすべて、スクラップ山の廃棄物でつくったもので、ファインにはどのマシンの役割もわからない。

どのような目的にかなったマシンなのか、おそらく、工芸家自身さえ知らないだろう。

工芸家の姿かたちも見えない。

あたりはまるで死にたえたかのようだ。静寂のなか、自分の呼吸音だけが妙に大きく耳に響いた。

躊躇しながら、さらに二歩前に進む。

すると、ミニカムが音をたてた。

「なにを持ってきたのです、ファイン？」工芸家のほとんど無邪気な明るい声が響く。

「なにか持ってきましたか？　ひょっとしたら、4＝4＝Dシリゾイド？　それとも、ついに二十メガバイトのプロセッサーを持ってきたのですか、ファイン？　あるいは、マイクロチップ変数？　わたしにはそれが必要です、ファイン、聞いていますか？　必要なのです！　変数が見つからなければ、なにも完成できません！」

　テラナーは咳ばらいし、

「わたしはできるかぎりのものをきみに持ってきたとも、工芸家」と、応じた。かすれ声なのをいまわしく思う。なぜ、工芸家にこれほどいらいらさせられるのか？「われわれの合意をおぼえているな。きみがわれわれにさらに手を貸し、計画が成功すれば、アルマダ筏はすべてきみのものだ。そうすれば、きみは先頭部の司令室を解体し、好きなだけ部品を持ちだせばいい。そこならまちがいなく、きみが必要とする以上の変数が数百と見つかるだろう」

「しかし、わたしはいまそれが必要なのです、ファイン！　いま、変数が必要です！　マイクロチップ変数があれば、ついに再生装置が完成します。それがなにを意味するかわかりますか、ファイン？」

　エンクリッチ・ファインは、色とりどりの金属部品が結合されたバーベルのような構造体の周囲を一周し、フェンス構造物を通りすぎた。すると、工芸家が目の前に出現。工芸家は真っ黒な姿で、暗い背景とほとんど同化している。セラン防護服の残光増幅装置のおかげで、どうにか相手を認識できるだけ。

　円筒形ボディの直径は三メートル。その上下は高さ一メートル半の円錐になっている。そこに、葉巻箱の大きさのグーン・ブロックがくっついていた。

ボディは、さまざまな形状の付属肢二ダースによって縁どられている。把握アーム、触手、らせん状腕、先端が多種多様な道具になっている関節の多い手足など。棘のように、アンテナ、センサー、レセプタがボディから突きでている。

工芸家はアルマダ作業工だ。

不格好な付属肢四本を下に向け、小中のマシン部品があふれるなかの隙間を縫ってぎこちなく歩く。

工芸家のグーン・ブロックはもう機能していない。付属肢のいくつかは曲がり、あるいは折れていた。黒い鋼カバーのあちこちに裂け目や焼け焦げ、穴さえ見られる。このアルマダ作業工は欠陥品なのだ。アルマダ筏の尾部に山積するほかのスクラップと同じく。

工芸家がファインに語った話だと、六テラ年ほど前、ストウメクセの出発直後に、一アルマダ艦からこの筏にうつされたそうだ。事故によりポジトロン脳がショートし、ひどく損傷したせいだという。

ところが、アルマダ筏上で、工芸家はふたたび〝目ざめた〟のである。

そのさい、人工意識が変化した。

だが正直にいえば、〝変化した〟というのは〝狂った〟をうまくいいかえただけにすぎない。工芸家が事故の障害からたちなおることはなかった。狂いが生じた危険な存在、予想のつかない動きをするロボットなのだ。工芸家が決定的にいかれたらどうなるかは、ブラックホールのみが知っている。

工芸家の数メートル手前で、ファインは立ちどまった。

アルマダ作業工が数秒前までいじりまわしていた巨大マシンを興味津々で見つめる。マシンは、先端を切られた卵に似ていた。卵の下部には、深紅の素材でできたおや指ほどの太さのリングがはしる。リングは微光をはなっていた。

「これが再生装置か?」と、ファイン。

「そのとおり」と、工芸家。「ですが、変数なしでは再生装置は役にたちません。いつ変数がもらえるのですか、ファイン?」

テラナーはこれを無視し、

「なんのために、このマシンは役だつのか?」と、たずねた。「どういう目的があるのか?」

工芸家は即席の脚の上でぎこちなく向きを変え、ふたつの貝殻形視覚センサーでこちらを見つめた。

「再生装置というのは」スクラップ同然のアルマダ作業工が講義する。「もちろん再生に役だつもの。これを理解しない者は、なにも理解できません」

恥知らずな錆《さび》の塊め! ファインは心のなかで悪態をついた。

「だが、この再生装置でなにを再生する？」ふたたびたずねてみる。

そのとき、貝殻センサーが気の毒そうにこちらを見たような気がした。

「当然、再生装置自体を再生します」工芸家はそう告げた。いらだちに似た響きが子供のような声にまじる。

「装置自体を再生する？」ファインが混乱してくりかえした。「だが、なぜ？」

「自身を再生するためです。再生装置が自身を再生すれば、再生装置が再生されます。もう一度再生装置を再生するために。この再生装置は……」

「もう充分だ」ファインが言葉をさえぎる。「理解したから。で、すべての再生装置でどうしようというのだ？」

「現在は」と、工芸家。「マイクロチップ変数がないため、再生装置はさらなる再生のため、過去の再生装置の部品を使わざるをえません」

「すばらしい」ファインがしわがれ声をあげた。「本当に感銘を受けた」

「しかしながら、この変数は」欠陥のあるアルマダ作業工はつづけていう。「再生装置が、より小型の再生装置を再生することを可能にします。この小型再生装置は、さらに小型の再生装置を再生し……」

「待ってくれ！」ファインがふたたび中断した。「なぜ再生装置を小型化するのだ、工芸家？　それでなにをしようというのだ？」

「材料を節約するのです」と、作業工。「これをくりかえせばいつか、小型化した再生装置は、前身の装置の材料からつくられるほどちいさくなり……」

「すべての星々にかけて！」エンクリッチ・ファインはうめいた。「なんとすごい！」

このロボットは、思っていた以上に狂っている。再生装置自身を再生することにのみ意義のある再生装置に、とてつもない時間を浪費しているのだ。

「とはいえ、変数なしでは、わが計画は実現しません」作業工が憂鬱そうにつけくわえた。「あるいは、変数を持ってきてくれたのですか、エンクリッチ・ファイン？」

「変数ではない」テラナーは認め、腰から袋をほどいた。「そのかわり、べつのものを持ってきた。ひょっとしたら、きみの役にたつだろう」

工芸家がぎこちなく近づき、貪欲に把握アームをのばしてきた。

「ま、おちついて」と、ファインは軽くあしらい、一歩さがった。「きみはわたしとの約束をはたしたのか？」

「もちろんです。わたしはすべての約束をはたします。信頼できる相手ですから」

またもや、感情を害したようないい方だ。とはいえ、マシンが〝感情を害する〟ことなどありえるのか？　妄想だ。工芸家から伝染したらしい。だんだん、わたしも幻覚に襲われるようになってきている。

工芸家は人の高さほど積みあげられたケーブル、ワイヤー、金属リールの山の向こうに消えた。ファインがいらいらしながら待っていると、しばらくしてまた姿をあらわす。作業工は、鉤爪形付属肢二本で大きな箱をかかえていた。

ファインの目の前に箱をそっと置き、

「すべてこのなかにあります、ファイン」と、告げた。「飛行可能な遠隔操作カメラ。適合するモニターと、カメラに電源を供給する高性能エネルギー・タンクおよびマイクロ波伝送装置、五秒間持続する七メガルクスのフラッシュが四ついています。そして、爆弾が一ダース。それぞれTNT換算で一キロトンの威力があり、遠隔装置あるいは時限信管による起爆が選択可能です」

ファインは安堵の息をついた。

ひそかに、工芸家がこちらの要請に応じられないか、あるいは応じたくないのではないかと恐れていたのだ。これでようやく、囚われ息子を罰するために尾部にあらわれたクルドゥーンを捕まえ、制圧する有望な手段が手に入った。

工芸家の場合、アルマダ作業工が持つ保安プログラミングは、筏の司令室にある貴重なエレクトロン装置への渇望と事故による脳障害のせいで機能停止している。

そういうわけで、このロボットは無条件でこちらの味方についたのだ。

「感謝する、工芸家」エンクリッチ・ファインが感動しながらいう。「わたしがどれほどきみに感謝していることか、想像もつかないだろうな」

袋を手わたすと、作業工はすぐに開けた。指の細さほどの触手二本で、袋の中身を引っかきまわしはじめる。

「一次元導体、3＝4＝Cシリゾイド、デルタ20級とイプシロン9級のマイクロプロセッサー、録音クリスタル、それに……」

工芸家の声は理解できない低いつぶやきとなり、ぎこちなく向きを変えると、よたよた歩きはじめた。

ファインの存在を完全に忘れているようだ。

テラナーはかがみこみ、ゆっくり箱を持ちあげた。低い重力のおかげで、箱はそれほど重くはない。それでもずっしりとした感じはある。

運動エネルギーによって箱がさらわれないよう、慎重に運ばなければ。

「ファイン！」

テラナーは身をすくませ、神経質に唇を湿らせる。工芸家の気が変わったのだろうか。

「なんだ？」

「わたしは変数が必要です、ファイン」工芸家が通信装置を介して告げた。「緊急に必要です。いつ、わたしは変数をもらえるのですか、ファイン？」

「もう長くはかからないだろう」と、応じる。「クルドゥーンは、おそらくすでに尾部に向かっているだろうから。かれを制圧すれば、司令室はわれわれのものだ」

工芸家が一瞬ためらった。

「クルドゥーンは筏フェリーで移動するのでは、ファイン?」

「いや、それは不可能だ。われわれ、筏フェリーを盗んだから。いまは尾部にある。それに、クルドゥーンは宇宙服の飛翔装置を使うほど、不注意ではない」ファインはおかしくもなさそうに笑みを浮かべた。「われわれが武装し、待ち受けていることを筏乗りは知っている。こちらに気づかれないよう、徒歩で近づくだろう」

「徒歩で?」工芸家がくりかえした。「それはクルドゥーンにとってまずいことです」

「なぜだ?」ファインが困惑してたずねる。

「〝筏寄生虫〟がいるからです、ファイン」と、工芸家は答えた。

4

「ひとりで行ってはなりません、クルドゥーン」伝令使が怒りをあらわにいう。「けっして。あなたはおかしくなったにちがいない。そうだ、筏乗り。あなたは狂った！　囚われ息子に裏切られて、正気を失ったのです。わたしは……」

「おまえは司令室にのこれ」クルドゥーンが伝令使の言葉をぶっきらぼうに切る。「これは命令だ。ひょっとしたら、アルマダ工兵がふたたび連絡をよこすかもしれない。だれかが受信しなければ」

「ふん」伝令使はそういうと、司令室をせまく分断している制御コンソールをゴムボールのように跳びこえた。「言い逃れですね。通信を受けたら宇宙服の受信機につなぐよう、コンピュータに命じればいいのだから。そうできるとわかっているはず、筏乗り。わたしを連れていきたくないのは、あなたが自分を賢く、わたしをおろかだと思っているからでしょう。しかし、伝令使はおろかではありません。発育不全で醜く、誇らしきヒルクトのように背が高くも色白でもないが、それでもおろかではない」

伝令使はさらにジャンプし、資源フックを監視するコンピュータ・ブロックの被覆フードの上に到達。

クルドゥーンの視覚センサーが震えた。

欠けた大顎、つるつるした頭部、赤褐色の肌……これらすべてのせいで、伝令使はヒルクトの恐ろしいカリカチュアに見える。

クルドゥーンは、突然、伝令使を理解した。悲しげに自問する。このような奇形の殻のなかの精神が健康なままでいられるものか？

「それどころか、伝令使は賢い」と、しわがれ声で伝令使はつづけた。「親捨て息子たちの真の計画を見ぬきませんでしたか？　悪童のうちもっとも邪悪なエンクリッチ・ファインを筏に乗せてはならないと、当時、警告しませんでしたか？　伝令使はこれらすべてをしましたが、クルドゥーンはもちろん伝令使に耳を貸さなかった。なぜなら、アルマダ筏乗りクルドゥーンはかつて、あらゆる女王候補のなかでもっとも美しかったから。あわれな伝令使を、熱い愛に燃えあがらせるほど愛らしかった……」

醜い生物は驚愕の叫び声をあげ、その場を飛びだした。開いたハッチから通廊に駆けこみ、そのまま姿を消す。

クルドゥーンは、驚いてその背中を見送った。

聖なる卵にかけて、つまりそれが理由だったのだ！　それゆえ、アルマダ中枢がわたしを筏乗りに任命したとき、わたしのもとをはなれなかったのか。あのおろかであわれな生物は、わたしに恋をしていた……

ヒルクト種族の歴史においてこの手の出来ごとが起きたのは、これが最初ではない。女王候補に対する伝令使の愛について、つらいあきらめの気持ちと英雄めいた別れについて、たくさんのすてきなロマンスがある。愛に目がくらみ、妄想にとりつかれ、愛する女王候補のために王座を手に入れようと現女王を殺害した伝令使の話もひとつではない。

それでも、もっとも感動的なロマンスは、トルギインとその伝令使の話だ。伝説によれば、女王候補トルギインは地位と王座を捨て、伝令使とともに無限アルマダから逃げだそうとした。たがいへの愛が身体的違いという境界を克服させた。ところが、もう安全だとふたりが思いはじめたとき、アルマダ炎が真の境界を見せつけたのだ。

伝令使は殺され、トルギインは筏乗りとして人生の末期まで無限アルマダに仕えなければならなかった。

トルギインは、性別を放棄して筏乗りとなった最初のヒルクトだ。筏乗りにふさわしい働きをしたため、それ以来、すべてのアルマダ筏がヒルクトによって操縦されるようになる。

伝令使なんて、ただのおろかな生き物だ。正気じゃない。クルドゥーンはみずからにそういってきかせたが、筏乗りに忠実につきそうという充分すぎるほど大きな愛に、まんざらでもない気分だった。伝令使はそのおろかさと奇形の姿にもかかわらず、感情を持ちあわせている。それゆえ、寛容にあつかわなければならない。囚われ息子とは対照的に……

反抗的な悪童のことを考えると、怒りがふたたびあらたな力をともない、燃えあがる。筏乗りは、視覚センサーを資源フックの制御表示装置に向けた。

思わず、歯擦音をたてる。

囚われ息子はその天をも恐れない悪行をつづけていたのだ。さらに八つの資源フックが破壊されたか、はずされている。尾部におけるアンバランスがつねに増していることが、警告シグナルによりわかった。

かれらが資源コンテナの枠組みを攻撃したなら、カタストロフィはもうとめられない。しかしながら、どこから武器を、そしてクルドゥーンをだましたあのホログラム・プロジェクターを調達したのか？　それにファインはどうやって、筏ロボットのプログラミング操作に成功したのか？

混乱しながら、大顎を軋ませる。

多くの謎に多くの疑問だ。恩知らずな囚われ息子ファインを制圧したなら、筏からほうりだす前に、尋問しよう。

クルドゥーンは通信装置の円錐形ブロックに視覚センサーを向けた。

一アルマダ工兵から不可解な通信を受けたことを思いだし、おちつかなくなる。なぜあのとき、ワルケウンは、ストウメクセを遠い採掘惑星に呼びよせようとし、すぐにその要請をとりけしたのか。それに、なぜあれほど興奮していたのか？

なにかあったのか？

もしや、ワルケウンと採鉱ロボットが……攻撃されたのか？

ありえない。クルドゥーンは自身にいいきかせた。アルマダ工兵は、敵を恐れる必要などないほど強大なのだ。

とにかく、これは自分の問題ではない。おのれは、とるにたらない筏乗り。ただ義務をはたすだけだ。それに、とにかくこの要請とりけしにはほっとした。

ワルケウンの採掘惑星のさらなる積み荷がなくとも、ストウメクセはすでに過積載なのである。そろそろ、グーン・ブロックを超光速航行に切り替え、アルマダ工廠に向かう時間だ。そこで積み荷の天然資源をおろすために。

とはいえ、その前に囚われ息子たちを罰しなければ。

急いで防護服をチェックする。その黒い色彩が、まっしろな肌にきわだつ。

酸素タンクとエネルギー・タンクが補充され、背嚢装置は整備ずみだ。ビスは腰のマグネット・ホルスターにかかっている。

一瞬、クルドゥーンは考えた。それから司令室の奥に急いで向かい、壁の一部を押す。蓋が開き、整備された武器棚が出現。

筏乗りはパラライザーをつかむと、腰ベルトにこれを固定した。

祖先の武器ビスは、相手を殲滅することしかできない。だが、囚われ息子たちは生け捕りにしたい。ファインを殺すのはまだ先の話だ。かれの死後、アンクボル・ヴールとダメニツェルが理性をとりもどし、いままでどおりに服従するといいのだが。

恩知らずな連中め。筏乗りは不機嫌に思った。悪行を償わせなければならない……それも、ただちに！

というのも、飛行が予定どおりに進んでいないから。とうにアルマダ工廠に到着しているはずなのだ。ところが、奇妙な構造体トリイクル9の発見とそこへの突入により、予定がめちゃくちゃになった。

とにかく、アルマダ工廠では、すでにおのれの到着を待ちわびているだろう。

「伝令使よ」クルドゥーンは、ヘルメット・マイクに向かってさえずるような声で告げた。「わたしはこれから出発する。わたしの命令をわかっているな。可能なときは、こちらから連絡する。おまえからはどうしても避けがたい場合のみ、連絡してくれ。囚われ息子に用心させてはならない。わかったか、伝令使？」

伝令使は答えない。

かれを傷つけたのだ。アルマダ筏乗りにはわかっている。それでもいまは、相手に配慮している場合ではない。きっと、伝令使はふたたび分別をとりもどすだろう。

突然、伝令使の耳ざわりな、反感を起こさせるような声が響いた。

「これが永遠の別れです、クルドゥーン」伝令使が悲しそうに告げた。「わたしにはわかる。そう感じるのです。あなたもそれを知っている。外に〝例のやつ〟がひそんでいることはわかっていますね。やつが長年うかがってきたチャンスが訪れました。やつはあなたを知っている。たとえ、まだ遭遇したことがなくとも。同類たちと同じように辛抱強く待ちつづけて、いま、準備がととのったのです。あなたは感じませんか、筏乗り？　張りつめたものを感じませんか？」

クルドゥーンは大顎をたがいに打ちあわせた。

「ばかな」と、伝令使をとがめる。「それはただのつくり話だ、伝令使。筏乗りたちがアルマダ工廠に集められ、次の遠征にそなえるとき、たがいに話して聞かせる迷信だよ。筏寄生虫はただの伝説にすぎない。存在しないのだ。この遠征はすでに六年つづいているし、わたしはストウメクセですでに八回飛行した。これまで一度も筏寄生虫のような存在に遭遇したことはない。それが、存在しないという充分な証明ではないか？」

伝令使は、しわがれ声で笑い、

「賢いクルドゥーン」と、あざけるようにいう。「やれやれ、筏乗りよ。あなたは恐れを知らない。あなたを脅かす唯一のものは、孤独だけ。星々はあなたとともにある、アルマダ筏乗り。あなたの魂が〝冷ややかな悪〟にとらえられないよう、星々の光が照らしている。でも、勇敢なクルドゥーンにはもう星々は必要ないのですね。そして、おしゃべりのおろかな伝令使のことも、とうに必要ない……」

アルマダ筏乗りは怒って、通信を切った。

筏寄生虫だと！　伝令使は、子供じみたおろか者だ。筏乗りが恐れるべきは、孤独と囚われ息子たちの裏切りだけ。

エンクリッチ・ファイン、いま捕まえてやる！

すばやい足どりで、クルドゥーンは司令室を出ると、コード・インパルスで施錠した。エアロック室に入る。

伝令使の姿はまったく見えない。それでも、途中で遭遇するとも思えなかった。きっといまごろ、かたすみで震えながらかがみこみ、筏寄生虫という妄想の産物を恐がっていることだろう。

内側エアロック・ハッチが開くと、空気が自動的に排出され、外側ハッチが開いた。

クルドゥーンは外に出た。

いま、アルマダ筏先頭部のU字形グーン・ブロックの接続バーの上に立っている。背後には、水泡のように見える司令室の半球がそびえ、宇宙の闇に溶けこんでいた。

いたるところで異銀河の星々がまたたき、いたるところで……たとえ目に見えなくとも……無限アルマダの部隊がアルマダ筏とともに宇宙空間を漂っているのだ。

無限アルマダの力と大きさを考えると、気分がよくなった。

無限アルマダは永遠無敵だ。全宇宙において何者もこれに立ちむかうことはできない。あえてそうする者は打ちくだかれるか、あるいはみずからアルマダの一部となる。

クルドゥーンは見おろした。

五十メートルほど下には、資源コンテナのまだらなモザイクが見える。金がきらめき、銀が星々の光を反射する。そこには、鉛、シリコン、マグネシウム、ニッケル、銅、バナジウム、オスミウム、コバルトなどでできたコンテナがある。無数の惑星の鉱物資源が純粋なかたちで延べ棒状にされ、連結されてブロックを形成している。莫大な量の天然資源だ。

この光景に、クルドゥーンは囚われ息子の犯罪的不当行為をはじめて正しく意識した。このアルマダ筏を破壊しようだなんて、どうしたら思いつけるのか！

正気を失ったにちがいない。

そうだ。それが唯一の説明だ。

クルドゥーンはわきを一瞥した。そこにはいつもなら筏フェリーがあるはず。だが、いまや、ファインにフェリーのあつかい方を学ばせて使用を許したのは過ちだったと気づく。多くの過ちのうちのひとつだ。

それでもこのときは、まだ知るよしもなかったのだ……この囚われ息子が実際、どれほど道徳意識のない輩なのかということを。

アルマダ筏乗りは床を蹴り、ゆっくりと下方の資源コンテナに向かった。自身の過ちを断固として償うのだ。

*

それには名前がない。おのれを名前で呼ぶ者がいたためしがないから。

宇宙空間の寒さも、宇宙放射の音も恐くない。真空が故郷なのだ。たとえ、故郷がなんであるか知らないとしても。

思考はしない。だが、待っている。

おのれがどこからきて、どこに行くのか、知らない。だれがどういう目的でおのれを創造したのかも。

それでも、存在している。

思考しないため、いらだちを知らない。感じないため、時間はなんの意味もなさない。

それでも、待っている。

思考はしないが、情報は受信する。温度、放射圧、光線の入射、地面の震動、電磁波のあらゆるスペクトル……情報運搬者は無数に存在し、データはめまぐるしく変化する。

理由は知らないが、データ流がある特定のパターンを伝えてくるのをひたすら待つ。

そうしたら、行動に出るのだ。

それには名前がない。だが、ほかの生物によって名前があたえられている。

〝筏寄生虫〟という名前だ。

5

エンクリッチ・ファインは床を蹴り、ゆっくり亜鉛コンテナの縁をこえ、漂っていく。ふたたび下降すると、足もとの床は色彩豊かな宝石からなる輝く混合物だった。鉱石を高圧縮して強固な塊りを形成したものだ。この資源コンテナは亜鉛コンテナと同じくらい長いが、幅はずっとせまい。かろうじて五メートルといったところか。

ふたたび浮かびあがらないよう慎重に、ファインはコンテナ先端に向かう。先端は資源フックによって尾部の巨大なグーン・ブロックにつながっていた。そこで立ちどまる。

汗をかいていた。セラン防護服の冷却装置のさわやかな気流が顔に当たる。疲労困憊《こんぱい》だ。すべての資源コンテナが、ブーツ底をマグネットでしっかり支えられる金属でできているわけではない。うっかり動けば、足もとの床を失いかねない。つねに集中を強いられ、疲れたのだ。

やっとのことで、工芸家がスクラップからこしらえた不格好な分子破壊銃をかかげる。資源コンテナとグーン・ブロックのあいだのわずかな隙間に銃口を向けた。

発射する。

分子破壊ビームは目に見えない。大気圏が存在せず、集束インパルスによってイオン化する空気分子がないから。それでも次の瞬間、列の先端の宝石が崩壊しはじめる。

宝石は塵《ちり》と化した。

ファインの手が震え、ビームがグーン・ブロックの黒い金属に溝を刻む。

テラナーは悪態をつき、銃口の角度を修正した。

すると、資源フックが見えるようになる。

フックは、たくましいひとさし指の太さほどのコイルに似ていた。星明かりを受け、淡いブルーに輝く。片端は資源コンテナの窪みに消え、もう片端はグーン・ブロック外殻に鉗子《かんし》形留め具でつながっている。

はじめは、分子破壊ビームはまったくなんの効果もしめさなかった。

資源フックの分子構造は、テラの製造方法では達成できなかった安定性を持つ。

この手の高度に発展した技術の産物をぶんどれるだけでも、あらゆる努力の甲斐《かい》があるというものさ。ファインは辛辣にひとりごちた。

三十秒後、ようやくブルーの素材が変色しはじめる。グリーンを帯び、色褪せたブルーになり、それもすぐに消えた。

資源フック自体はまだそこにある。

コンテナ群とグーン・ブロックは、同速度・同飛行コースをたもっている。どちらかがコースを変えてはじめて、筏はこの個所から分離して漂うだろう。

ファインは踵を返した。

スクラップ山から先頭方向に百二十メートルはなれ、九十メートルほど左に移動したところでは、アンクボル・ヴールもまた資源フックの破壊にとりかかっていた。

残光増幅装置のぼんやりした視界では、蛮人は四本の短い腕を持つ、張りのない大きな袋を彷彿させる。

惑星ニ＝リルの異人ダメニツェルはファインとヴールのあいだ、鉄コンテナの上にすわっていた。高く浮遊するカメラに接続された液晶モニターを監視している。その隣りには、カメラにエネルギーを供給するマイクロ波伝送装置がある。

装置はすべてパッチワークのように継ぎはぎだらけに見えるが……実際そうなのだが……すでに何度も故障が起きてはいたものの、それでも機能する。

さいわいにも、数秒後にはいつもふたたび通常の状態にもどる。

ファインは望んだ。フラッシュと爆弾も同様に故障しないといいのだが。

とりわけ、爆弾には多くがかかっている。

「なにか変わったことは、ダメニツェル？」と、たずねてみた。

よけいな質問だ。クルドゥーンがカメラにとらえられ、モニターに姿をあらわしたなら、ダメニツェルはすぐに知らせてくるだろうから。とはいえ、ただ待つのは耐えがたい。

「なにもない」リル人が金切り声で応じた。

ファインは安堵の息をついた。

ふたたび、工芸家の最後の言葉について考えた。筏寄生虫とはなんだろう？　そして、その生物はどこにひそんでいるのか？　アルマダ筏に到着して以来、クルドゥーンと伝令使、苦難をともにわかちあう仲間二名のほかに生物を見たことがない。筏乗りも、この件に関し、けっしてほのめかすことはなかった。

もちろん、工芸家から不気味な話についてそれ以上の説明もなかった。いまいましい再生装置にかかりきりだったのだ。

「クルドゥーンはじきにくる」アンクボル・ヴールが発話膜からとどろくような声をあげた。「感じるのだ。そうしたら、かれの頭蓋骨でコップをつくってやる」

蛮人が舌なめずりし、ファインは吐き気をもよおした。

「クルドゥーンは、わが体内でさらに生きるのだ」蛮人はつづける。「わたしはかれの肉体と精神をむさぼりつくす。そうすれば、かれはわたしに物語を語るにちがいない。物語はいいものだ。火のそばで聞けばもっといい。なぜ、火をおこさないのだ？　ここは暗い。とても暗い。暗闇はよくない。わたしの故郷はいつも明るかった。太陽が寝てしまえば、山が輝いた。山の輝きがかげれば、稲妻がきらめいた。

故郷の大地を掘りおこし、アンクボル・ヴールを暗闇に連れさった異人の支配者たちに死を！　一戦士がこのような侮辱を受けることが、これまでにあったか？　敬意をこめて奴隷をたいらげることをせず、さらに生かして屈辱にさらした不名誉な勝者など、いたためしはない！」

ファインはなにもいわない。

蛮人の奇妙な道徳ルールにぞっとする。それでも、人の好みはさまざまだ。だれがヴールの生活様式の是非を問うことができるというのか。

ヴールから聞いた話を思いだした。かれの故郷惑星では、殺した相手を食うことは敵への宗教的名誉をあらわすらしい。さらに、周期的に起こる飢饉を緩和する役目もはたす。

とはいえ、こう考えたところで、もちろんファインにはなんの得にもならない。

「だが、だれに対しても不名誉に不名誉で報いてはならない」アンクボル・ヴールがとどろくような声をあげた。「わたしは筏乗りのクルドゥーンに、わたしにはあたえられなかった名誉をあたえよう。きみたちには伝令使をくれてやる。伝令使はたしかに食べ甲斐がないが、考えてもみろ。きみたちはまともな人食いではない」

「大変思いやりのあることと」ファインがからかうようにいう。「わたしの望みは……」

「かれがくる！」ダメニツェルが叫んだ。「クルドゥーンだ！　スクリーンで確認した！」

ファインは跳びあがった。神経を揺さぶられたにしては、あまりにゆっくりと資源コンテナの上を移動し、おだやかにタングステン・コンテナに着地。ふたたび飛びだす。アンクボル・ヴールは、酔っぱらったヘビのように筏の上を動いた。クルドゥーンによってあたえられた特別防護服は、たしかに身体的特徴に合わせ的確に仕立てられていたものの、蛮人の脚のかわりをはたす車輪はジャンプには向いていない。

永遠に到達しないかのようにファインには思われたが、ようやくダメニツェルのところにたどりつく。

リル人は、紐のような腕をはげしく振りまわし、

「そこだ！」と、告げた。

ファインはモニターを見つめた。

熱放射をもとに、アルマダ筏の小型サーモグラフィが映像を展開する。筏の本体、すなわち資源コンテナは、淡いオレンジ色だ。先頭と尾部のグーン・ブロックは、石炭ののこり火のごとく赤い微光をはなつ。尾部方向の最後の三分の一には、深紅の個所がある。スクラップ山だ。

工芸家のマシン類があるため、そこは温度が高いにちがいない。筏ののこりの部分の

温度は絶対零度近くだ。

両グーン・ブロックの中央付近で、筏の横幅全体にわたる細い網のようなものが輝く。厚みは二百メートルほどか。トースターの電熱線、あるいは冷光を発するクモの巣を彷彿させる。奇妙なかたちだが。

これはなんだろう？

ファインはふたたび、工芸家がいっていた筏寄生虫のことを思いだした。ひょっとすると、その生物が関係するのかもしれない。この現象にほかの原因がない場合は。もしかしたら、謎の寄生虫がわれわれの作業を肩がわりしてくれるかもしれない。

先頭から三分の一ほどのところに、ちいさなオレンジ色の光点が見える……筏乗りクルドゥーンだ。

光点が動いた。ゆっくりとだが、網に向かってまっすぐに動いている。

しかし、もうひとつ光点があった……先頭部のすぐ近くに。

伝令使か？

どうでもいい。あの生物はまったく危険ではない。

ダメニツェルがファインを見つめた。頸がないため、正方形の頭部正面にある視覚環をテラナーに向けるには、上体全体を回転させなければならない。

「で、これからどうする？」リル人はたずねた。

「筏乗りを殺す」アンクボル・ヴールが勢いこんで声をとどろかせた。「それこそ、われわれのすべきこと。火を！　火が必要だ。大きな火が。それから回転式焼き串も。だが、この筏のどこで焼き串を調達できるというのか？　味つけの薬味はどこで？　なんとみじめなごちそうなのか！　それではクルドゥーンを侮辱することになる」

「筏乗りをきちんと味つけできないと？」と、ファイン。「たぶん、許してくれるさ」

「そう思うか、エンクリッチ・ファイン？」ヴールの鎌形頭部のうつろな複眼にかすかな輝きが宿る。「つまり、われわれが礼にかなった方法で調理できなくても、筏乗りはわかってくれると思うか？　それがわたしには重要なのだ、ファイン。なんといっても、筏乗りの魂はわたしの体内に宿らなければならないのだから。たいらげた敵の口やかましい魂ほど厄介なものはないからな」

「心配するな、ヴール」テラナーは心ここにあらずのようすで応じ、ふたたび、スクリーンを見つめる。「この網と、ふたつめの光点だが……」

ダメニツェルはゴムのように動く紐のような腕のうちの一本で、クルドゥーンの赤外線放射エコーにどんどん近づいていくオレンジ色の光点をさししめし、

「伝令使だ」と、金切り声でいった。「まちがいない。そして、この網は……思うに、きみが工芸家から聞いた……」

「つまり、きみもこれが筏寄生虫だと思うわけだ」ファインはいい、黙って考える。横

千五百メートル、縦二百メートルにわたってこのような強い熱放射を発するとは、いったいどのような存在なのか。「それでもわれわれ、確信はできない」

「確認しなければ」と、ダメニツェル。「われわれのうちのだれかが出迎えるべきだ」

「そして、可能ならば、そこで排除しよう」と、ファイン。

リル人はモニターを一瞬見つめ、たずねた。

「だれが？」

ファインが意地悪くにやりとし、

「アンクボル・ヴールだ」と、提案した。「クルドゥーンにご執心なのは、なんといっても、われわれの野蛮な友だからな。優先権を譲るのが当然だ。ヴールに分子破壊銃とフラッシュを持参させて……」

「わたしに？」ヴールの声はあまりに大きく、ファインの受信機の音声がひずんで聞こえた。「不可能だ！　わたしには無理だ。なにがあろうとも！」

「そうか？」ファインはそう応じ、眉を吊りあげた。「で、たずねてもかまわないなら、なぜ不可能なのだ？　クルドゥーンが焼き串でじゅうじゅう焼けるのを見たくてたまらないのだろう……それとも、恐いとでもいうのか、ヴール？」

「恐い？」蛮人が鼻を鳴らした。どうやら笑ったようだ。「恐いだと？　きみたちはどうすれば、すでに十九名の勇敢な敵の魂を宿した戦士に向かって、恐がっているなどといいがかりをつけられるのか？　わたしには、恐れというものがわからない。その言葉を知りもしない。わたしには〝マルンタンケル〟があるからな」

「きみには……なにがあるって？」

「マルンタンケルだ」蛮人が平然とくりかえした。「マルンタンケルを持つ者がみずから戦場におもむく前には、すくなくとも戦士をふたり、目の前で戦わせなければならない」

「ブラックホールにかけて」ファインがうなるように、「そのマルンタンケルとは、いったいなんなのか、ヴール？」

「マルンタンケルは、マルンタンケルだ」蛮人のとどろきわたる声に反抗心がうかがえる。「説明のしようがない」

「恐がっているのだ」ダメニツェルが口をはさんだ。「それがすべてさ。この〝スズノイ〟は恐いのだ」

「スズノイだって？」蛮人がうなるようにいう。「わたしをスズノイと呼ぶやつには罰がくだるぞ！　もう一度いってみろ、きみを殺す！」

ファインは気がめいった。事態を収拾できそうもない。

「呼び名の話はあとにしよう」と、きっぱりと告げる。「きみたちはあとで罵倒しあえばいい。たがいの喉をかき切ってもかまわない。われわれ、クルドゥーンのことを考えよう。いま重要なのは、それだけだ」

　ダメニツェルがおもむろに立ちあがった。

「わたしが行く。わたしはスズノイではないから恐くない。マルンタンケルもないが……それがなんであろうと。クルドゥーンを迎え撃ち、捕虜にして連れもどる」

　アンクボル・ヴールが警笛のような声をあげた。

　どうやら、腹をたてているようだ。

　ファインは小言をいうのをあきらめ、蛮人を無視した。

「よかろう、ダメニツェル、きみは勇敢な男だ。戦略を次のとおり、提案する。きみはスクラップ山まで行き、その上によじのぼれ。そこなら探知されることも、目視されることもない。そのうえ、筏全体を見わたすには絶好の場所だ」

　ダメニツェルはおちつかないようすで、円柱脚を一歩ずつ、象のように大義そうに踏みだした。

「で、工芸家に遭遇した場合は？」と、口をはさむ。

「心配ない」ファインがおちつかせるように、「きみにはなにもしないさ。かれの再生装置のためにマイクロチップ変数を入手するところだ、とだけいえばいい。そうすれば、きみがかれの貴重な屑鉄の山によじのぼっても、じゃまされずにすむだろう」

　そういうと、スクラップ置き場をしめす深紅地帯の両わきのくすんだピンクの筋をさししめし、つづけた。

「クルドゥーンは、ここかスクラップ山でわれわれが待ち伏せていると推測するだろう。それがもっとも妥当な場所だから。とはいえ、筏乗りはスクラップを飛翔装置であっさり飛びこえたりはしないはず。それこそ、格好の標的を提供するようなものだから。つまり、トンネルを通らなければならないわけだ。わかるか？」

「筏乗りがスクラップ置き場に接近しても、撃ってはならないということか？」ダメニツェルが混乱したようにたずねた。

「そういうことだ」と、ファイン。「命中しなかった場合のリスクはあまりに大きい。だから、きみは死んだふりをして、筏乗りが工芸家のいる窪地に出てくるまで待つのだ。すべてのトンネルは窪地につづくから、そうなればクルドゥーンは罠に落ちたも同然だ。悠々とパラライザーで麻痺させればいい」

ダメニツェルは納得しなかったようだ。

「だが、筏乗りが防御バリアを作動させていたら？　パラライザーでは威力が弱すぎて、エネルギー・フィールドを突きぬけられない。きみがわたしにそう説明したではないか」

「そうはならない」ファインがにやりとしながら保証した。「工芸家ともう一度話したのだ。クルドゥーンが窪地にあらわれたら、防御バリアはもう作動しない。工芸家がどうやって細工するかは星々のみぞ知るだが、それでも、わたしはあのロボットを信用する。みずから計画したことはすべて、これまでやり遂げてきたから」

「爆弾が必要だ」と、ファインの受信機から声がした。「爆弾をくれ、エンクリッチ・ファイン。きみはもうクルドゥーンに関してなにも心配する必要はない……」

「だめだ！」テラナーは懇願するように両腕をあげた。「クルドゥーンを殺すつもりはない。たしかに、かれはわれわれの敵だ。無限アルマダに属し、われわれの意志に反してこの筏に拘束したのだから。とはいえ、悪人ではない」

「クルドゥーンはわたしをさらったのだぞ」ダメニツェルが敵意をあらわにいう。「あの筏乗りは、わが故郷の近隣惑星クラルトを掠奪したやつらの仲間だ。かれと無限アルマダは、わが種族にはかりしれない損害を負わせた。ニ＝リルの天然資源が徐々につきかけていたため、種族の科学者はクラルトの資源のある場所を突きとめて一覧表を作成し、あらゆる手をつくして惑星間航行技術を発展させたのだ。近隣惑星の天然資源のみが、われらが文明の未来を可能にするから。

ところが、クルドゥーンの主人は、巨大マシンでクラルトを採掘しつくした。あの怪物のようなマシンがのこしていったのは残骸だけだ。これがわれわれにとり、なにを意味するかわかるか、エンクリッチ・ファイン？　リル人の技術文明が滅亡するまで、たいして時間はかからないだろう。天然資源の欠乏は惑星の崩壊を招く。クラルトの鉱層が、われわれの唯一の希望だった。この希望を、クルドゥーンのような存在が、われわれから奪ったのだ」

突然、ダメニツェルは踵を返し、三名の本拠地がある、機能停止した司令室のあるグーン・ブロックに向かった。

ファインは友のうしろ姿を長いこと見送った。

ダメニツェルの苦悩は理解できる。それでも、憎しみをぶつけるべき相手はクルドゥーンではない。本来の責任は、ほかの知性体の運命を考慮することなく無限アルマダの天然資源の欠乏を満たした、謎のアルマダ工兵にある。

「きみの話はもっともだ、エンクリッチ・ファイン」アンクボル・ヴールが声をとどろかせる。「爆弾も、すべてをたいらげる火もやめよう。それは誤った計画だ。爆弾がクルドゥーンをたいらげたなら、われわれの空腹の胃にはなにがのこる？」

ファインは目を閉じた。

聖なる星々よ！　朦朧《もうろう》としながら考える。この筏を降りなければ。いいかげんにこの狂った食人種からはなれなければならない。さもなければ、本当に気が狂うだろう！

モニターに目をやる。クルドゥーンのオレンジ色の赤外線反射が、筏寄生虫の発光網に近づいていた。

6

かれらは、いたるところにいる可能性がある。

筏の標準床レベルよりも下に位置する資源コンテナのひとつに密着しているかもしれない。より高い位置にある資源コンテナが自然の目かくしの役割をはたすように。あるいは、鉄コンテナにマグネット係留されたゼンセ人の搭載艇の陰にいるかもしれない。クルドゥーンの残光増幅装置が、傷だらけの艇の外殻を照らしだす。チェス盤のような模様のついたライトグリーンの艇は、テラナーならたばこのパイプを思い浮かべるだろう。

この搭載艇は四年前、老朽化のためアルマダ第一〇〇四部隊からお払い箱となり、ストウメクセに託された。アルマダ工廠で解体され、その部品はリサイクルされるだろう。

クルドゥーンはその場にとどまり、上部付属肢一対の左の鉤爪関節に固定されている赤外線探知装置に視覚センサーを向けた。

ゼンセ人の搭載艇は宇宙空間と同じ低温をしめしている。

クルドゥーンは陰鬱に考えた。装置があてになるのか？　囚われ息子がなにもないところからホログラム・プロジェクターをつくりだし、筏ロボットのプログラミングを変更することができるのなら、対探知システムを用意することはなんの困難もないだろう。

ひょっとしたら、自分は監視されているかもしれない。

ひょっとしたら、エンクリッチ・ファインとほかの反抗的な囚われ息子二名に、一歩一歩を追跡されているかもしれない。

筏乗りは大顎を打ちあわせ、音をたてた。

こんな推測をすれば、みずから神経質になるばかりだ。親捨て息子は相《あ》いかわらず尾部で資源フックの破壊工作をつづけているにちがいない。さもなければ、このまま引きかえしてもいいが。

クルドゥーンは下の付属肢二対を使ってかがみこみ、床を蹴った。

飛んだのだ。

眼下には、資源コンテナのモザイクがあらゆる方向にひろがる。金属、結晶、鉱物からなる長方形のパズル・ピースだ。頭上には暗闇と星々のちいさく光る目がひろがる。

筏の上を漂いながら、クルドゥーンは思った。星々は無限アルマダのもっとも忠実な仲間だ。トリイクル9を探しもとめる永遠の捜索にも同行し、トリイクル9を見つけだしたときも、われわれからはなれなかった。

星々のように、無限アルマダもまた永遠である。そして星々が不滅なように、アルマダもまた不滅なのだ。

トリイクル9に突入したいま、アルマダ中枢はどうなったのだろう……

警告音で思考が中断される。

熱探知装置の警告シグナルだ。

クルドゥーンは、バリウムの資源コンテナに向かって落下しながら、装置を調整した。恐怖に襲われる。

それほど遠くないところ、百メートルほど先に、集束した熱放射が生じていた。赤外線探知装置の小型液晶モニターは、交差した細い線の集まりをしめしている。

これは網を彷彿させた。筏の全幅《ぜんぷく》にひろがり、高さ四百メートルに達する網だ。

クルドゥーンは興奮のあまり、歯擦音をたてた。

伝令使の言葉を思いだす。アルマダ筏乗りにまつわる陰鬱な伝説を。

これまでクルドゥーンは、ストウメクセでこのような現象に遭遇したことはない。

筏乗りの言い伝えによれば、筏寄生虫の歴史はアルマダ筏と同じくらい古い。はるか昔、天然資源輸送がはじまったころ、いくつかの筏がカタストロフィに見舞われた。長年にわたる飛行の孤独で、筏乗りが正気を失い、自殺、破壊行動、脱走の試みへと駆りたてられたのだ。

もちろん、脱走は失敗に終わった。アルマディ炎による強制インパルス……アルマディストが無限アルマダから一万光年以上はなれることを防ぐもの……が、筏乗りを連れもどしたのだ。

しかし、輸送の遅延は天然資源供給を危険にさらした。

この孤独症候群に対処するため、筏には複数の乗員が乗りこむようになった。とはいえ、航行中、筏乗りはほとんどなにもすることがなく、退屈は耐えがたいもの。

多彩な乗員を乗り組ませ、ロボットをも同行させてみたが、失敗に終わる。事故とカタストロフィの連鎖はとまらなかった。

ようやく……たくましく節度のあるヒルクトをアルマダ筏乗りとして派遣することと並行して……解決策が見つかった。

その解決策とは、〝ストレスをかける〟というもの。

採掘惑星を次々にめぐり、アルマダ工廠に到着するまでのあいだ、筏乗りを多忙にさせる必要がある。孤独を忘れ、宇宙の虚無のなかで正気を失わないようにするためには、なにかをしなくてはならない。

だが、精神テストにより、極度のストレスはヒルクトにとって命とりとなると判明。

そのため、アルマダ工兵は筏寄生虫をつくった。

筏寄生虫は危険だが、いずれにせよ、賢く慎重なヒルクトが犠牲になるほど危険ではない。

注意すればだれでも、百パーセント生きのこるチャンスがある。アルマダ工兵はただ筏乗りを守りたいだけで、殺すつもりはもちろんなかったから。

それでも、長く孤独な旅のあいだ、筏寄生虫の存在を背後につねに感じる脅威だけで、筏乗りを忙しくさせるには充分だった。

世代はうつりかわり、筏乗りの生活状況も変わった。かれらはしだいに、知性体の住む採掘惑星でひとりずつ、〝囚われ子〟をさらってきては、それでひまをつぶすようになったのだ。

こうしてアルマダ工兵は筏寄生虫をつくることをやめ、時間の経過とともに、これらの伝説的存在は滅びた。

ただアルマダ筏乗りの言い伝えにおいてのみ、筏寄生虫は生きつづけている。

実際、これが本当の話なのか、それとも筏乗りがみずから考えだした、あるいは囚われ息子や娘から聞いた空想話なのか、だれにもわからない。

クルドゥーンは探るように前方をうかがった。

なにも認識できない。残光増幅装置さえ、なにもとらえない。

なんの不思議もないと、クルドゥーンは考えた。

探知装置によれば、集束した熱放射の温度は、絶対零度を二百七十五度ほど上まわる。

周囲の宇宙空間にくらべれば比較的高温だとはいえ、通常気圧では氷が溶けるのに適温といったところ。

アルマダ筏乗りは、ますます確信した。これは囚われ息子の罠にちがいない。

軽蔑するようなさえずり声をあげた。

エンクリッチ・ファインは、わたしが防御バリアを使えることを知らないのか？　それに、数秒以内に飛翔装置で危険地帯から逃げだせば、予想に反して防御バリアは不要となる。

ファインはうぬぼれがすぎるようだ。

あのテラナーがなにを考えているか、すぐにわかるだろう。

クルドゥーンは、祖先の武器ビスを腰のホルスターから手にとり、ふたたびジャンプした。

攻撃は最良の防御だ。みずからにいいきかせた。ひょっとしたら、囚われ息子たちは、公然とわたしを迎え撃とうとしているかもしれない。

大きく二回ジャンプし、赤外線ゾーンのはずれに到達する。

なんの不審物も見えない。

銅、亜鉛、水銀、ルビー、銀、プラチナからなるコンテナだけだ。

もう一度、飛んでみる。

見えないこぶしにつかまれ、数回自転し、亜鉛コンテナの上にたたきつけられた。

筏乗りは叫び声をあげた。

恐怖につつまれる。

いまのはなんだ……重力フィールドか？

やっとのことで、立ちあがる。重い、あまりにからだが重い。動こうとあがけば、たちまち重力が耐えられないほど強まる。

「聖なる卵にかけて！」クルドゥーンはうめいた。

見くびりすぎた！　またもや、エンクリッチ・ファインを過小評価したのだ。拘束フィールドにより、飛翔装置は役にたたない。おそらく、無理に使おうとすれば、高重力に押しつぶされるだろう。

震えながら周囲を見まわす。

なにもない。

ただ、あちこちから突きでた資源コンテナが、長方形の瘤《こぶ》のように虚無空間にのびるだけだ。

〝冷ややかな悪〟にかけて、どこに親捨て息子ファインはひそんでいるのか？

手にした武器の硬さが、クルドゥーンの恐れを和らげた。

なにが起ころうとも、行く手に立ちはだかるすべてをビスがのみこむだろう。

慎重に一歩踏みだす。

たちまち、重力が増した。それでも、耐えられるほどだ。二歩め、三歩め、四歩めを踏みだす。

五歩めで、かすかな警告音が聞こえた。

宇宙服の外側が熱くなっている。

どんどん温度があがってくる！　クルドゥーンは気が遠くなった。憤激しながら大顎を動かし、さらに進む。

飛躍的に温度が上昇していき、とうとう、熱の罠が光学的に姿をあらわした。

暗闇のなかのごく細い糸、冷光をはなつ筋の複雑なもつれ。その中央におのれは立っている。

筏乗りは、防御バリアのスイッチを入れた。

その瞬間、稲妻のような強い光にかこまれた。数秒後、光はあまりに明るくなる。残光増幅装置のスイッチが切れ、自動的に宇宙服のヘルメットの遮光装置が作動。

そのフィルターを通しても、耐えがたいほど明るい。

ハンマーの打撃のように稲妻が防御バリアに落下する。フィールドのオレンジ色の光が赤みがかり、やがてほとんどむらさき色になった。

バリアが過負荷になっている！　音響シグナルが警告する。

最終的なバリア崩壊の前に、本能的にフィールドのスイッチを切った。

一瞬、稲妻がやんだ。

安堵の息をつく。どうやら稲妻現象は、防御バリアのエネルギー構造に触れたとたん、うまくおさまったようだ。エネルギー・フィールドが崩壊すれば、なにが起きるのかわからないが、突きとめたいとも思わない。とにかく、エネルギー・バリアなしでなんとかしなければならないのだ……温度が上昇しているというのに。

また一歩進む。

空調装置の音が強くなったが、それでも暑い。鉤爪関節にはさんだ制御装置を一瞥する。熱はほとんど宇宙服素材の融点に達していた。完璧な絶縁層だけが、生身のからだが焼けるのを防いでいる。

クルドゥーンは不安げなさえずり声をあげ、思わず数メートルしりぞいた。

突然、気温がさがる。謎の糸の冷光が弱まった。

なるほど、前進はできないわけか。アルマダ筏乗りは陰鬱に考えた。つまり、エンクリッチ・ファインのせいだ。あの堕落した囚われ息子たちは、わたしを尾部に行かせないつもりだ。

ところが、わずか数秒でこれが思いちがいだとわかる。

さらに後退すると、温度がふたたび上昇したのだ。何度も試み、ようやく、燃えて灰になる危険にさらされることなく動けるのは、一方向のみだとわかる。

ななめ右だ。遠くには、鋼灰色のバナジウムが、炭化水素、クロム、プラチナのたいらな資源コンテナの上にそびえる。

罠におちいったという感覚が、きわめて強くなった。

わたしにはビスがある。クルドゥーンはみずからにいいきかせた。この祖先の武器には何者もかなわない。恐れる必要などないのだ。

それでも恐い。

この罠は完璧だ。速く動きすぎれば、押しつぶされる。誤った方向に動けば、火傷《やけど》する。ただひとつの道だけが開かれ、その道は死へとつづくのだ。

のろのろと進む。バナジウムはますます大きく見えた。クルドゥーンは脱出を試みるたびに、致命的な熱でふたたび追いかえされる。

鋼灰色のコンテナは幅二十メートル。ほかのものよりも一メートル半ほど上に位置する。ちょうどクルドゥーンの頭の高さで、これを見わたすことができない。

疲れはて、はげしく呼吸しながら、アルマダ筏乗りは立ちどまった。ビスは右の把握鉤爪にある。古代の円錐形武器は、この重力と熱の地獄において唯一のたよりだ。

で、これからどうする？　クルドゥーンは自問した。

上昇する温度が、無言の質問に答えた。どうやら、見えない敵は、クルドゥーンがこの資源コンテナによじのぼることを望んでいるようだ。ためすようにクルドゥーンは床を蹴った。こんどは体力を消耗させる重力効果をまぬがれる。ゆっくりと上昇。左の鉤爪でコンテナのはしをつかみ、バナジウム・ブロックの上に移動した。

鋼灰色の金属の上に、筏寄生虫がいた。

クルドゥーンには、それが寄生虫だとわかった。

この生物は、直径およそ七十センチメートルの鈍く脈動する球体だ。毒々しいグリーンの燐光《りんこう》を発する。球体の周囲には、絹糸のようにごく薄く長いヴェールがいくつもうねり、星々の光にきらめく。なかには長さも幅も二、三十メートルに達するヴェールのものもあり、風にそよぐかのごとく真空を舞う。

おそらく、星々の光をとらえて光化学的エネルギーに変えるために、このヴェールが役だつのだろう。そのエネルギーを使い、寄生虫は重力フィールドと熱フィールドを生成するのだ。

あるいは、ほかの供給源からエネルギーを得ているのかもしれない。

クルドゥーンにはわからない。

かれのあらゆる注意は、筏寄生虫の棘に向けられた。

棘は、筏寄生虫の完璧に滑らかなボディにおける唯一の突出部だった。長さ一メートル。付け根の太さは十センチメートルで、先端は針のように鋭い。

棘は、殺傷道具なのだ。

筏乗りを突き刺すための。

これこそ〝冷ややかな悪〟だ。クルドゥーンは麻痺したように思った。〝冷ややかな悪〟がそこに生身の姿をあらわし、わたしを犠牲者として選んだのだ。

恐れが怒りに変わる。筏寄生虫と裏切った囚われ息子たち、とりわけエンクリッチ・ファインに対するはげしい怒りに満たされる。エンクリッチ・ファイン、筏寄生虫と同じ、〝冷ややかな悪〟の産物。すべてファインの責任だ。あの恩知らずな出来そこないのせいで、この状況に追いこまれたのだから。

クルドゥーンは、憎悪に満ちてビスをかかげ……

かかげようとしたが、脳があたえた命令に把握肢が反応しない。だらりとわきにさがったままだ。そして、両脚が……意志とは無関係に、動きはじめた。

一歩一歩、抗おうにもどうすることもできず、筏乗りは致命的な棘の先端に近づいていく。

筏寄生虫が待ちかまえていた。ほかになにもする必要はない。ただ、クルドゥーンの胸に棘の先端が刺さり、宇宙服から空気が漏れ、みじめに窒息するのを待つだけだ。

棘が胸の装甲を貫通しない場合は……

「やめてくれ……」クルドゥーンは絶望の声を漏らしたが、叫び声はただ震えるさえずりにしか聞こえない。ほとんど自身の耳にもとどかないほどちいさな声だ。

「クルドゥーン！」

クルドゥーンの受信機からしわがれ声が鋭く響いた。

「持ちこたえてください、愛する女王候補。伝令使がいま助けます！」

伝令使！

クルドゥーンはひとつの影がこちらに急いで近づいてくるのを見た。宇宙の暗闇に、ぼやけたシルエットだけが浮かぶ。

重力フィールドは……寄生虫がすでに消滅させていた。獲物を確保したと思いこんでいるのだ！　そのうえ、熱の糸も消えている！

「伝令使！」クルドゥーンはさえずるような声をあげた。

発育不全の姿が、まさに筏寄生虫に突進していく。そよぐヴェールの一枚を弾丸のように突き破り、糸をずたずたに引き裂くと、寄生虫の球形ボディに衝突した。

クルドゥーンは、ヒュプノによる拘束が解かれたように感じた。ふたたび自由に動ける。自動的に武器をかまえた。

「そこをどくのだ、伝令使」クルドゥーンが叫んだ。「どけ！」

「できない……」伝令使が苦しそうにあえぐ。

なにかが星の光できらめいた。反射するビーム銃の銃身だ。

「あなたを愛しています、クルドゥーン」伝令使がささやく。

そして、撃った。

周囲は光と熱の地獄と化した。クルドゥーンは足もとをすくわれ、バナジウム・コンテナの滑らかな表面をよりどころなくすべっていく。胸と手足にひどい圧力を感じた。もう呼吸もできず、見ることもできない。痛みが体内で燃えあがり、思わず叫んだ。周囲のすべてが暗くなる。

どれくらい気を失っていたのかわからない。ふたたび意識をとりもどしたとき、筏乗りは筏の上方を舞い、大きな弧を描きながら、ゆっくりと表面に向かって落下していた。ななめ下に、バナジウム・コンテナが見える。

その鋼灰色はまるでエナメルを塗られたようだ。あちこちに穴があいている。いくつかの場所に黒い点が見えた。

筏寄生虫と伝令使の影もかたちも見えない。

悲しみのあまり、息もできなかった。

伝令使のはなったビームが原因で、筏寄生虫の蓄積エネルギーが爆発的に放出されたにちがいない。爆発は両者の命を奪い、クルドゥーンを高く投げ飛ばしたのだ。

勇敢な伝令使、愛すべきちいさな伝令使。命をかけて、わたしを救ってくれた。わたしがその警告に耳をかたむけていたなら、まだ生きていられただろうに。

クルドゥーンは悲嘆、罪の意識、深く辛い苦悩を感じた。その苦悩は、アルマダ筏乗りに指名されておちいった絶望の悲しみよりも、さらに強い。

とはいえ、気をとりなおす。いや、伝令使が死んだのはわたしのせいではない。ファインに責任がある。エンクリッチ・ファイン、宇宙でひろった漂流物のような、あの醜い怪物。すべてファインのせいだ。その償いをさせてやらなければ。

憎悪のあまり、クルドゥーンは鋭く耳ざわりなさえずり声をあげた。

慈悲は無用だ。自身にいいきかせるようにいう。死は死であがなわれなければならない。ほら、筏乗り、復讐の杯は満たされた。いま、飲みほさなければならない。慈悲は無用だ、筏乗り。

こうべをめぐらせ、遠くのスクラップ山のゆがんだ稜線《りょうせん》を見つめた。その向こうに道程ののこり三分の一がつづく。そこにエンクリッチ・ファインがいるのだ。

憎悪といらだちに満ち、クルドゥーンはゆっくりと筏の表面におりていく。

＊

スクラップ置き場に向かってダメニツェルが出発した直後、エンクリッチ・ファインたちは、骨の折れる破壊作業を中止することにした。

「ほかにやるべきことがある」ファインが、混乱して質問したアンクボル・ヴールに答えた。「おそらく、ダメニツェルにはクルドゥーンを制圧できない。戦いに負けるか、筏乗りが逃げおおせるかだろう」

「そうなれば、われわれのところにやってくる」蛮人が舌なめずりしながら、つけくわえた。

思わず、ファインは想像した。蛮人がクルドゥーンの宇宙服を引きはがし、大きな鍋に引きずり入れるところを。その下では音をたてて火が燃えている。

ヴールはなにをスープ用スプーンのかわりに使うのか？ファインはブラックユーモアをいいたくなって、自問した。分子破壊銃か？

軽く咳ばらいし、

「いや、うまくいかなかった場合は」と、つづける。「筏乗りはグーン・ブロックに近づいてくる。われわれがいると思っているからだ。だが、われわれはそこにはいない」

「いない？」アンクボル・ヴールが驚いて声をとどろかせた。「なぜ、いない？　ではわれわれはどこに行く？　焼き串と調味料を探しに出かけるのか？」

ファインは最後のジャンプで、爆弾の入った箱のすぐそばに到達した。そこから、資源コンテナのたいらな表面の中央に位置するモニターを一瞥する。これなら遠くからもよく見える。

格好の餌食《えじき》だ。と、ひとり言をいう。

ヴールに向きなおり、

「しばらく、きみの胃袋の話はしないでくれ、わが人食いの友」と、告げた。「いま重要なのは調理法ではなく、知恵を絞ることなのだ。

われわれ、用意した予備の宇宙服二着をモニターのそばに置く。それらは、わたしが先見の明で、すでに筏フェリーからくすねておいたものだ。クルドゥーンは、宇宙服二着を出来そこないの囚われ息子だと思いこみ、はげしい怒りに燃えてこれに向かって突進するだろう。そのあいだに、スクラップ山とグーン・ブロックのあいだの幅いっぱいに爆弾十二個を設置しておく。そして筏フェリーで待機しながら、クルドゥーンがモニターに到達するまで待ち、通信インパルスで爆弾に点火する」

「爆弾は火だな」ヴールはとどろくような声をあげ、思慮深くいった。「そして、通信インパルスというのは火を誘発する火の粉だ」

「いまのは科学的には正確ではないが、すくなくとも、きみが原理を理解したという証明にはなる」ファインは箱を開けた。「われわれ、筏が広範囲にわたってばらばらになるように爆弾を設置する。クルドゥーンが状況を消化するまでしばらくかかるだろう。そこで、われわれにはフェリーで先頭のグーン・ブロックまで飛び、司令室に侵入するチャンスが到来するわけだ」

ファインは笑みを浮かべて、

「それからわたしは仲間に連絡をとる。自身になにが起きたのかクルドゥーンが把握する前に、銀河系船団の艦船がわれわれを救助するというわけだ。どう思う、ヴール？　すばらしい計画だと思わないか？」

　蛮人は一瞬沈黙したが、

「いい計画だ」と、ようやく同意をしめす。「ふたつだけ、わからないことがある」

「と、いうと？」ファインはため息をついた。

「クルドゥーンが〝消化する〟のはなんだ？　あと、かれをここにのこして先頭まで飛ぶなら、われわれ、どうやって筏乗りを調理し、敬意をこめてたいらげるのだ？」

「ええと……」ファインは仰天した。「聞いてくれ、ヴール。きみが故郷に帰りたいのなら、好きなものをいくつかあきらめなければならない。たとえば、筏乗りを昼食としてたいらげるのに固執《こしつ》することだ。ちなみに、筏乗りはおいしくないと思う」

「わたしにクルドゥーンを侮辱しろとでもいうのか？　わたしは……」ヴールが激怒してうなる。

「議論はあとにしよう」ファインは口をはさんだ。「さもないと、筏乗りがわれわれの背後に立って首根っこをつかんでも、まだ口論しているだろうさ」

　箱に視線をうつす。

　前腕ほどの長さのシリンダー形爆弾が整然とならぶ。シリンダーのもっとも太いところに、四本の目印線がついた回転式スイッチがある。それぞれの目印線のあいだは、およそ三分半にあたる。工芸家はじつに完璧な仕事をしたわけだ。

テラナーは、箱のすみに置かれたインパルス発信機をつかんだ。不注意によって作動しないよう、点火ボタンは埋めこまれた状態になっている。赤いボタンだ。時限装置から遠隔起爆への切り替えが可能な回転式スイッチの中央にあるボタンも、同様に赤い。

爆弾十二個。

筏の尾部三分の一を吹き飛ばすには充分なはずだ。

十二個？

エンクリッチ・ファインは驚いた。

たったいま、数がたりないことに気づいたのだ。十一しかない！　爆弾ひとつが欠けている！

「ダメニツェルか」ファインが声を絞りだすようにいった。「いまいましい！」

7

拘束フィールドがスクラップ山をつつみこみ、アルマダ筏のはげしい飛行操作のさい、山が崩れたり、資源コンテナ全体に散乱したりするのを防いでいる。

ダメニツェルは紐のような両腕で突出した金属部品をつかみ、円柱脚でからだを支え、土台……山の樽状の膨らみ……から巧みによじのぼり、たいらな場所に転がった。

拘束フィールドのせいで、よじのぼるのもひと苦労だ。高くなるにつれて、下に引っ張られる力が強くなる。とはいえ、利点もある。鉄屑の山がかたまったようになり、その重さで崩れることがないのだ。

息が荒い。

探るように、先頭の方向を見つめる。そこでまぶしい爆発が起きたのは、まだ数分前のこと。

ダメニツェルは自問した。あの火球は、筏寄生虫とやらに関連があるのだろうか。

おそらく、クルドゥーンが筏寄生虫に遭遇したのだ。そして、筏乗りが勝った……わたしに殺されるために……

どうしてそう確信できるのか、わからない。ひょっとしたら、クルドゥーンとその支配者に対していだく憎悪から生まれた希望的観測かもしれない。

無限アルマダは、リル人種族から未来を奪ったのだ。惑星クラルトを採掘しつくし、リル人には残骸だけをのこした。ニ＝リルの近隣惑星の天然資源は、とりかえしのつかないほど失われた。これはダメニツェルの種族の技術文明にとり、終わりを意味する。ニ＝リルの最後の資源がつきればたちまち、野蛮な暗黒時代がはじまるにちがいない。

ダメニツェルは、思わずうなった。

この犯罪の本当の責任者……アルマダ工兵……は、おのれには手がとどかない。だが、クルドゥーンはそこにいる。

筏乗りが死ねば、この筏もまた目的地に到達しないだろう。

リル人はあたりを見まわした。

火球が消えたあと、ストウメクセにはふたたび暗闇がおりた。この暗闇のどこかから、筏乗りは近づいてくるのだ。

ダメニツェルは袋を手で探る。まだそこにあった。宇宙服の腰のホルスターにかかっている。

袋には、パラライザーと閃光弾……そして、箱から失敬した爆弾が入っていた。

ファイン！

あのテラナーには、クルドゥーンとその仲間がリル人になにをしたか、わからないのだ。ファインはあまりに弱腰だ。

ダメニツェルは、たいらな場所の反対側のはずれまですべって移動した。すぐ下には、窪地がひろがる。そこには、謎めいた機械彫刻、エレクトロン部品とポジトロン部品からなる混沌がならぶ。

はっきりはわからないが、あれが工芸家だろう。スクラップ同然のアルマダ作業工が、窪地の中央にそびえたつ卵形構造体まで、根気強く屑鉄を引きずっていく。卵の下から三分の一ほどのところにある赤いリングが燃えるように輝き、窪地をほのかな光で満たしていた。奇妙なマシンの裏側には楕円形の開口部がある。この開口部に、工芸家は屑鉄を投げ入れると、ふたたび奥に消えた。補充品をとりにいったのだろう。

この卵が、エンクリッチ・ファインのいっていた再生装置にちがいない。

ダメニツェルの視覚環が変色した。

工芸家はまだ、こちらの存在にまったく気づいていない……あるいは気にかけていないのか。前者だといいのだが。工芸家がそのロボット的単純さで、リル人を発見したとクルドゥーンに報告したら、大ごとだ。

ダメニツェルは、ふたたび思いを馳せた。リル人種族のこと、どんよりした空の下の赤い石づくりの町のこと、首都近くの聖なる森のこと。若いころ、よくその森を散歩し、鐘のような木々の音に耳を澄ませたものだ。

愛する妻チェデニー。同僚のフデンツァンとデリケレン。雪のなかの抱擁。宇宙研究センターの喧噪《けんそう》……

すべてが過ぎさった。

失われたのだ。

たとえファインが約束を守り、テラナーの船が故郷惑星に送りとどけてくれたとしても、過去の幸せな歳月はけっしてもどらない。ニ＝リルは、産業化以前の原始時代に沈む運命にある。

ダメニツェルは、抑制された憎悪のあまり、またうなった。

袋を開けて、武器をとりだす。麻痺ビームを放射できるパラライザーは、大きくてかさばる代物だ。とはいえ、欠陥ロボットがスクラップ置き場のごみから組みたてた武器に、ほかのなにを期待しろというのか？

フラッシュは重く、縦長で、光る素材でできている。マグネシウムを彷彿させるが、ダメニツェルはこれが、まだリル人が開発していない合金だと確信していた。

そして、爆弾。

ほとんど一心不乱に、これを紐のような腕でかかえ、重さの見当をつける。

計画は決まった。

クルドゥーンが窪地のなかにあらわれたら、工芸家に遭遇するにちがいない。工芸家は筏乗りを引きとめるだろう。その瞬間、爆弾の時限信管をセットし、同時に窪地に閃光弾を投げ入れるのだ。

混乱したクルドゥーンには、爆弾の影響領域外にぶじに到達できるほどすばやくスクラップ置き場をはなれるのは、不可能だろう。

ダメニツェル自身は、ジャンプしてスクラップ山の拘束フィールドを乗りこえ、わずかなあいだ、酸素タンクの安全弁を開ける予定だ。漏れでるガス噴射の反動が、自身を安全な場所に運ぶだろう。

危険は最小限ですむ。

筏乗りはすでに死んだも同然なのだ。

ダメニツェルはふたたび上体を回転させ、筏の先頭を見やった。

目の前のすべてがぼんやりとしたグレイに見える。宇宙服のヘルメットの残光増幅装置によっても、百メートル先の視界はほとんどきかない。

数分が緩慢に流れた。

突然、リル人ははっとした。

そこに……グレイの背景から切りとられた影。見まちがいか、あるいは……いや、影は動いている！　筏の全幅にわたるスクラップ山のバリアにゆっくりと、浮遊しながら近づいてくる。どんよりしたグレイのなかから、幽霊のように姿をあらわした。

クルドゥーンだ！

すると、ダメニツェルの視界から筏乗りは消えた。工芸家の窪地につづくトンネルのひとつに足を踏み入れたのだ。

ダメニツェルは準備をととのえた。

＊

筏の側面にある道をあきらめたのは、われながら賢明だった。クルドゥーンはうぬぼれて思った。囚われ息子は、わたしがこの安易な道を使うと思っているにちがいない。そこで待ち伏せているのだろう。

スクラップ山を貫通するせまいトンネルを、身をかがめて忍び歩く。

多数あるこれらのトンネルを通れば、山を通りぬけられるはず。クルドゥーンはバリアに近づいたさい、二十ほどの開口部があるのを数えて確認したもの。そのうち見おぼえがあったのは、ただひとつのトンネルだけだ。

たとえかれらがバリアの向こう側で待ち伏せているとしても、わたしがどのトンネルを使うかはわかるまい。相手はたった三名だ。それに対し、こちらにはたくさんの可能性がある。

トンネルは蛇行していた。これまでのコースに対してしばらく直角につづいたかと思えば、こんどはジグザグになる。

クルドゥーンは混乱して自問した。過ちをおかしたのではないか。おそらく、すべてのトンネルに出口があるわけではないのだろう。ひょっとしたら、絶望的に道に迷わせる迷宮に、そうと知らずに足を踏み入れてしまったのかもしれない。

アルマダ筏乗りは、円錐形武器をつかむ鉤爪に力を入れた。必要とあらば、ビスで鉄屑の塊りを排除して進むつもりだ。

だが、これらのトンネルは……

これらが自然にできたものではないことは明らかだ。無数のアルマダ艦の一隻が、ときおり再利用可能なごみをあらたに積んでいくため、スクラップは増えに増え、これまで筏乗りによって点検されることなく、この六年のうちにたまった。

そのたびに拘束フィールドが新しいスクラップをつかみ、山全体に均一に分配してきた。

拘束フィールド……

クルドゥーンは制御装置を一瞥し、唖然とした。フィールドの強さが通常の二十分の一強しかない。筏がふいに揺れてもスクラップ山が崩れるのを防ぐことのできる、ぎりぎりの値《あた》いだ。

疑う余地なく、ファインのしわざにちがいない。

筏乗りは歩みを速めた。

最後のカーブを曲がったところでようやく、目の前に出口らしき角ばったシルエットが出現。反射された星明かりがトンネル内に射しこむ。残光増幅装置を通した景色は、微光をはなつ繊細なグラスファイバーでできたヴェールを彷彿させる。

クルドゥーンは外に出た。

茫然として、立ちつくす。

そこはスクラップ山の向こう側ではなかったのだ。目の前には、直径七、八十メートルの窪地がひろがる。その切りたつ壁には、トンネル開口部がいくつか見られた。いたるところに奇怪な彫刻がそびえたつ。マシンのカリカチュアに見えるもの、シュールレアリズム風の骨組み、ただのがらくたのようなものもある。

窪地の中央から発せられる光が彫刻のまわりに漂う。

クルドゥーンはビスをかかげ、長い跳躍で窪地の中央に接近した。

「あなたはクルドゥーンにちがいない」甲高い声がして、彫刻のひとつの奥から、アルマダ作業工一体が姿をあらわした。「マイクロチップ変数の話がしたくて待っていました。わたしはこの変数が必要なのです、クルドゥーン。エンクリッチ・ファインはわたしのために入手すると約束してくれましたが、信用できません。アルマダ炎がないから。あなたにはアルマダ炎があると約束してくれましたが、クルドゥーン。この情報こそ重要だと、わたしの内部にあるなにかが告げるのです。わたしは混乱しています。混乱して……」

クルドゥーンは思考をめぐらせた。

このアルマダ作業工は、ただの欠陥品にすぎない。どのようにストウメクセにきたのか？ 疑う余地なく、ほかのスクラップといっしょに運ばれてきたのだ。欠陥の生じた作業工がしばしばたどる運命のように、一アルマダ艦に廃棄処分にされたにちがいない。

「エンクリッチ・ファインだと？」筏乗りが声を絞りだす。「エンクリッチ・ファインについてなにを知っているのか？」

スクラップ同然のアルマダ作業工は四本のゆがんだ脚でよたよた近づいてきた。そのグーン・ブロックはもう機能しないようだ。

「ファインはわたしが再生装置を組みたてるのに手を貸してくれました」と、ロボット。「わたしは再生装置をつくりましたが、変数なしではその価値は半減します。ファインがいうには、わたしが手を貸してあなたを支配下におけば、筏司令室の技術装置を解体して使えるようになるとのこと。しかし、ファインにはアルマダ炎がありません。これはまちがいです。つまり、かれは無限アルマダに属していません」

クルドゥーンは頭上に浮かぶむらさき色の球体のことを考え、感謝の念に満たされた。アルマダ炎はおのれがアルマディストである証《あか》しである。

「ファインはどこだ?」筏乗りはたずねた。

「わかりません」と、作業工。「かれはわたしに、あなたの防御フィールドを無効化しろといいました。わたしはそうすると約束し、無効化装置も準備しました。しかし、あなたにはアルマダ炎があります。ファインは同胞種族を呼びよせるつもりで……」

「わたしの〝防御フィールド〟を?」

クルドゥーンは、せまい窪地と、上にいくほどせまくなる切りたった壁を見あげた。頭上には星々におおわれた宇宙空間が、ほんのちいさな窓のように顔をのぞかせる。そのとき、おのれが罠にはまったと悟った。

制御装置をたたき、防御フィールドを起動させる。その瞬間、なにかちいさな黒いものが上から急降下し……突然、周囲が明るくなった。

白く、目に痛いほどまばゆい光がいたるところにひろがり、窪地全体を満たした。あまりに明るく、恒星の輝きさえ色褪せるほど。

クルドゥーンの宇宙服のヘルメットの遮光装置が作動する。とはいえ、焼きつくすほどの光を和らげるだけだが。

もうなにも見えない。思考さえ、光の洪水によって押し流されたように思える。視覚センサーが燃えるように痛い。

外へ！　その考えが、頭のなかの痛みとどぎつい白色に苦しむなかで浮かんだ。罠から逃れなければ。とはいえ、どこへ？　出口はどこにあるのか？

閃光弾が燃えつきると、ようやく光の洪水がおさまった。それでも、クルドゥーンはいまだになにも認識できない。光明は暗闇に追いやられ、闇のなかで色彩豊かな火の粉が舞っている。

目がくらんだのだ。

なにも見えない。

ここにあるのは火の粉と暗闇、おのれの臆病なさえずり声だけだ。

「死ね、クルドゥーン」金切り声が筏乗りの受信機から響いた。「たとえリル人が死のうとも……」

ダメニツェルだ！　クルドゥーンの脳裏をはしりぬけた。

本能的に左の鉤爪をベルトにすべらせ、背嚢の飛翔装置のスイッチを入れる。衝撃とともに背中がはげしく震え、クルドゥーンは空中に飛びだした。

＊

閃光弾が完全に消えたさい、ダメニツェルは上体をひねり、爆弾を窪地の深淵に投げこんだ。

下方で、なにかがオレンジ色の光に輝く。

リル人は悪態をついた。

クルドゥーンの防御バリアだ！　つまり、工芸家は約束を破り、筏乗りのバリアを無効化しなかったわけだ。爆弾の威力が充分であればいいのだが。

ダメニツェルは急いでたいらな場所で立ちあがり、浮遊しながらジャンプし、縁に向かった。ここからはなれなければ。爆弾は数分後に爆発する。防御バリアの有無《うむ》にかかわらず、クルドゥーンは終わりだ。閃光弾の目くらまし効果からたちなおる前に、はげしく渦巻くスクラップ山に押しつぶされるだろう。どんな防御バリアも、数百トンもの金属の運動エネルギーを相殺《そうさい》するほど強くはない。

リル人は、たいらな場所の縁に到達。ここでは、拘束フィールドはさらに強力だ。ひざまずき、力のかぎり跳びだす。

まるでゴムの壁と衝突したかのような勢いだ。
四、五メートルほど上昇すると、拘束フィールドが運動エネルギーを吸収し、からだを押しもどす。ダメニツェルは、ふたたびスクラップ山に着地した。
恐怖につつまれる。

数秒がたちまち駆けぬけていく。すぐにでもスクラップ山と充分な距離をたもつことができなければ……

もう一度ジャンプし、同時に酸素ボンベの安全弁をひねった。ガスが真空に音をたてて漏れだし、白い結晶となり凍りつく。ジャンプの途中で、リル人はガス圧によって軌道から投げだされ、回転しはじめた。

拘束フィールドがダメニツェルに抗う。

さらに弁をひねると、ガス圧はより強くなった。凍ったガスが雪雲のようにからだをつつむ。突然、拘束フィールドの抵抗が消滅。ダメニツェルはただちに弁を閉じた。

それでもまだ回転しつづけ、ちいさな弧を描きながら、ゆっくりと山から遠ざかっていく。命とりとなる拘束フィールドの影響範囲から解きはなたれ、さらに上昇する。筏の上にひろがる星々のまたたく宇宙空間と、スクラップ山の長くのびたグレイの輪郭が交互にあらわれた。窪地は、まるで大量の金属ごみのなかの鈍く輝く深淵のようだ。

この瞬間、オレンジ色のなにかが深淵から跳びだした。

ダメニツェルはあえいだ。

クルドゥーンだ！　筏乗りは脱出に成功したらしい。窪地を抜け、爆弾から逃れたのだ。その爆弾は、まだ爆発していない……

炎が深淵からあがった。

上方に向かって噴出する細長く巨大な炎が、クルドゥーンに到達し、オレンジ色の防御フィールドもろとものみこんだ。火の槍が、ちいさく見えるスクラップ山を貫通する。山はこっぱみじんに吹きとんだ。

すべてが完全な静寂のなかで起きた。静寂は、あらゆる爆発音より恐ろしい。

時間はたったいままで駆けぬけていたが、いまは悩ましいほどゆっくりと流れる。一瞬が永遠のごとく感じられた。

花びらのように、スクラップ山がひろがっていく。炎にとりまかれ、残骸片がばらばらになる。屑鉄のように、輝く金属破片があらゆる方向に飛んでいき、さらなる部品は爆発によって吹き飛ばされた。山全体が動きだし、窪地があった場所では、液化した残骸が微光を発する。液体は宇宙の寒さのなかで徐々にかたまっていく。

噴出する細長く巨大な炎は消えた。

ダメニツェルはふたたびあえいだ。

アルマダ筏乗りのオレンジ色の防御フィールドが損傷なく輝いている。

失敗したのだ。リル人は絶望しながら思った。わたしは役たたずだ。わが復讐は最後のチャンスを棒に振ったのだ。

大きく角ばったなにかが、星々の光点の前を移動する。近づいてくるというより、大きくなっていくように見えた。とうとう完全にダメニツェルの視界をおおう。それでようやく、これが、スクラップ山から爆発の力により飛びちった残骸のひとつだとわかる。

衝突は、一瞬のひどい痛みをもたらした。そして……なにも感じなくなる。鉄屑の残骸が音もなくアルマダ筏から遠ざかっていく。星々に向かって飛び、ひょっとしたらいつの日か……一年後あるいは千年後に……恒星のひとつに落下し、ダメニツェルの遺体を炎の墓場に連れていくかもしれない。

8

恒星がひとつ、アルマダ筏の上に昇った。

数秒ほど、資源コンテナを輝く光に浸す。銀をきらめかせ、金を輝かせ、宝石コンテナの結晶格子《こうし》のなかで無数に砕けた。

遠いところで起きた爆発の力が、資源コンテナを揺らした。振動が筏を駆けめぐる。フェリーが揺れはじめ、エンクリッチ・ファインは思わず、シートの肘かけにしがみついた。

魅了されたように前方を見つめる。

恒星はたちまち消え、筏は以前より暗くなったように見えた。残光増幅装置の視野に、海の波のように揺れる資源コンテナがうつる。

ダメニツェルが爆弾に点火したのだ。ファインは麻痺したように考えた。あのおろか者！

金属プレート、粉砕された機械部品、大破した搭載艇の巨大な鋼製ボディ、ぎざぎざの瓦礫塊、無数のちいさな屑鉄の破片が、爆発の威力であらゆる方向に吹っ飛んだ。筏フェリーのあるグーン・ブロックが、瓦礫の衝突により震える。瓦礫がグーン・ブロックと資源コンテナのあいだのフックを破壊し、その個所に突然、手幅ほどの亀裂が複数生じた。亀裂はひろがっていく。ほかの個所でも、資源フックが負荷にもう耐えられなくなり、引き裂かれる。

やがて、爆発の影響が薄らいだ。

筏の重力フィールドを充分に上まわる運動エネルギーを持つ鉄屑塊は、宇宙の闇に消えた。ほかの塊りはゆっくりと筏上に沈み、乱雑な山と化す。

振動がおさまった。

ファインは、音をたてながら肺のなかの空気を押しだした。

さいわいにも、しかけた罠に爆発の影響はほとんどないと、テラナーは確認する。ただマイクロ波伝送装置が引っくりかえり、数メートル押し流されただけだ。二着の宇宙服……ファインが皮肉をこめて〝見せかけの囚われ息子〟と命名した……は、ほんものと見ちがえるほどリアルな姿勢でモニターの前にすわっている。

「かれは死んだ」アンクボル・ヴールが声をとどろかせた。「火がかれをたいらげた。とはいえ、火はただ殺すだけ。魂がさらに生きつづけることはない」

「クルドゥーンのことか？」

「ダメニツェルだ」と、蛮人。「クルドゥーンは生きている。わたしにはわかる」

ファインは筏を見まわした。爆弾の威力は予想をしのぐ。直接の影響範囲内にいた者はだれも生きのこれなかったにちがいない。工芸家はクルドゥーンの防御バリアを無効化すると約束したが、その工芸家も……

ファインは欠陥のあるアルマダ作業工の最期についてはまったく遺憾に思わなかった。あのロボットは不吉な存在だった。だが、ダメニツェルの死は胸にこたえる。

アルマダ筏における長旅により、あらゆる精神的・生理的相違にもかかわらず、仲間意識が生まれていたのだ。あのリル人は、なぜ故郷からこれほど遠くはなれたところで死ななければならなかったのか。その死とはなんの関わりもない星々のあいだで。

故郷からこれほど遠くはなれたところで……だが、わが故郷はどこだ？　ファインは思った。フロストルービンへの突入は、わたしをどこに漂着させたのか？　どの銀河にこれらの恒星は属しているのか？

司令室のハイパーカムにより銀河系船団の船との通信に成功してはじめて、それがわかるだろう。

「ファイン！」ミニカムからヴールの声がとどろく。「見てくれ！」友は、ふたり乗り円盤形フェリーの向こうを見つめていた。オレンジ色の光点が宇宙の暗闇を舞う。光点はますます大きくなり、かれらが罠をしかけた例の資源コンテナに近づいていく。

クルドゥーンだ！　つまり、筏乗りは爆発を生きのびたわけだ。

ファインは、遠隔起爆装置を握りしめた。アルマダ筏の横幅いっぱいの直線上に、のこり十一個の爆弾を設置ずみだ。これが爆発すれば、ストウメクセは引き裂かれ、フェリーで先頭部に向かうチャンスが到来するだろう。

クルドゥーンに飛翔装置があろうと、こちらの救難信号の発信を妨げるには時間がかかるはずだ。

「いま行くぞ、筏乗り！」アンクボル・ヴールがだしぬけに叫んだ。

蛮人は短い腕で反動をつけ、跳びだす。わずかな重力のなかを浮遊していくと、グーン・ブロックのすみにあるフェリーをこえ、ブロックの縁の下に消えた。

ファインが悪態をついた。

「もどるのだ！」激怒して命じる。「ヴール、いますぐもどってこい。さもないと、わたしひとりで出発するぞ。もどるのだ、このおろか者！」

だが、蛮人は応えない。ひょっとしたら、もう聞こえないのかもしれない。ファインは筏乗りに警戒されないよう、仲間との交信用ミニカムの到達範囲を最小限にしておいたから。

オレンジ色の球体は、二着のからっぽの宇宙服にほとんど到達しそうだ。

いまだ！　ファインは思った。

起爆装置を作動させ、同時にフェリーを発進させる。筏の上の暗黒の空に飛びだすあいだ、十一カ所で爆発の火球が燃えあがった。

＊

クルドゥーンは降下した。

エンクリッチ・ファインとアンクボル・ヴールは、資源コンテナの映像スクリーンのそばにいる。どうやら、恐怖に凍りつき動けないようだ。ビスを二名に向け、告げた。

「おまえたちの負けだ、囚われ息子。降伏するのだ。さもなければ殺す」

二名は黙ったままだ。

クルドゥーンはさげずむように思った。恐怖で声が出ないのか。

裏切り者なうえに臆病者……まさに、いい組みあわせだ。

下方の付属肢二対が地面に触れる。囚われ息子たちまで、あと二歩だ。反射防止加工されたヘルメット・ヴァイザーのある頭部が、こちらに向けられている。

ヴァイザーの奥にはなにもなく、暗い。

クルドゥーンはショックのあまり、身動きできずにいた。宇宙服はトリックだった。あらたな罠だ。囚われ息子たちはどこかにかくれて……

火が背後で燃えあがった。

まぶしい光が資源コンテナにひろがり、明暗のはげしいコントラストをなす。爆発の衝撃波により、資源コンテナが舞う。

クルドゥーンは激怒と絶望のあまり、歯擦音をたてた。

上昇し、振りむく。筏の全幅にわたり燃えているようだ。火球がひろがり、たがいに結合していく。資源コンテナはすべてフックからはずれ、宇宙空間に旋回していた。位置がずれ、垂直に立つものもあれば、砕けるものもある。やがて、爆発の輝きが和らぐと、不気味な亀裂があらわれた。

筏が……崩壊したのだ！

アルマダ筏乗りは、鋭いさえずり声をあげた。

いや、これはありえない！　起こってはならないこと！

「筏乗り！」とどろくような声が受信機から押しよせた。「征服者がここに参上した。征服者はあんたを殺し、たいらげる。あんたが征服者の体内でさらに生き、物語を語れるように。それがあんたの運命だ、筏乗り。あんたは運命から逃れられない……」

麻痺したようにクルドゥーンは飛翔装置の制御ボタンに触れた。修正ノズルの短いジェット噴射でからだを回転させ、二回めの噴射で回転運動をとめる。

揺れ動くコンテナの上をアンクボル・ヴールが近づいてくる。蛮人は舌なめずりし、「わが名はアンクボル・ヴール」と、声をとどろかせた。「わたしは強大な敵十九人を征服し、たいらげた。十九の魂がすでに体内に宿っている。あんたが二十番めとなるのだ、筏乗り」

蛮人が武器をかまえ、撃った。

分子破壊ビームが、クルドゥーンの防御バリアを光らせた。筏乗りは、ためらいながら立ちつくす。

「立ちさるのだ、アンクボル・ヴール」と、さえずるような声をあげた。「おまえを殺したくない。知恵の乏しいおまえは、あの恐ろしいファインにそそのかされただけ。エンクリッチ・ファインを罰するのを手伝ってくれたなら、おまえを優遇しよう」

蛮人の舌なめずりする音が大きくなる。さらなるビームが、クルドゥーンのエネルギー・フィールドに稲妻を燃えあがらせた。

「だれも、エンクリッチ・ファインを罰することはできない」蛮人は発話膜から声をとどろかせた。「ファインはフェリーで先頭部に向かっている。筏の大きな声……ハイパーカムという名の悪魔を使い、同胞種族を呼びよせるつもりだ。そしてわたしを、故郷の火山と肉鍋のぜいたくな暮らしに連れもどす」

先頭部に！　クルドゥーンの脳裏をその思いがはしりぬけた。

「どけ！」と、歯擦音をたてる。「消え失せるのだ、囚われ息子！　わたしには時間がない。わたしは……」

アンクボル・ヴールが短くジャンプした瞬間、足もとの資源コンテナが垂直に立った。ヴールは弾《はじ》かれ、カタパルトに射出されたかのように、筏乗りに向かって投げだされる。すべてがあまりに速く起こり、クルドゥーンには叫び声をあげるひまもなかった。ヴールが弾丸のごとく近づいてくる。筏乗りに向け、両手に分子破壊銃をかまえていた。その警笛のような声がクルドゥーンの受信装置から鋭く響く。

蛮人は防御フィールドに衝突すると、分子破壊銃を作動させた。

稲妻がクルドゥーンの視覚センサーを焦がす。過熱したプラスティックのにおいがし、筏乗りは自転させられた。背中がなにか硬いものにぶつかり、反動でほうりだされ、ふたたびなにかに衝突した。警告のブザー音が鳴りひびく。

筏乗りはうなり声をあげた。まるでヴァイオリンの弦をつまびく音のようだ。

視覚がゆっくりと正常にもどる。防御フィールドは消えていた。腕の制御装置を見ると、バリアが過負荷に耐えられなかったとわかる。ヴールの分子破壊銃が、バリアとの衝突により爆発したのだ。

このいまいましい囚われ息子！

ヴールは死んだ。分子破壊ビームにより分子の塵と化したのだ。十数メートル向こうの揺れ動く資源コンテナの上に浮かぶ塵雲が、徐々にかたちを失っていく。

まず伝令使、それからダメニツェル、そしてアンクボル・ヴール……

クルドゥーンは、悲しげな歯擦音をたてた。囚われ息子たちを愛していたのだ。たとえ反抗的で、おのれのじゃまをしたとしても。それはかれらのせいではない。そしてクルドゥーン自身にも、三名の死に対する責任はない。

すべて、ひとえにエンクリッチ・ファインのせいだ。

ゆっくりと、クルドゥーンは茫然自失の状態を脱した。ヴールの最後の言葉について考える。ぞっとした。ファインは盗んだ筏フェリーで先頭部に向かっている。あの狡猾な囚われ息子は、同胞種族の船を呼びよせるつもりなのだ。

「そうはさせない！」筏乗りは思わず叫ぶ。

異船団が近くにいることは知っていた。無限アルマダとともにトリイクル9に墜落し、この銀河にばらまかれたのだ。傍受した交信によれば、アルマダ部隊と異人は対立しているようだ。

大顎を軋ませる。

ファインのあとを追い、計画の実行を阻止しなければ。ひょっとしたら、異人がアルマダ筏とその貴重な積み荷を奪うかもしれない。ファインは当然受けるべき罰をまぬがれてはならないのだ。

だが、相手にはフェリーがある。

フェリーはクルドゥーンの飛翔装置よりも速い。あるいは、すでに先頭部に到達しただろうか。

そうにちがいないと、筏乗りは落胆した。こうなると、ほかに選択肢はない。ファインの卑劣な計画が成功したら、その結果ははかりしれないだろう。

クルドゥーンはためらい、ほとんどしぶしぶながら、腰のベルトからコード発信機を手にとった。卵形コード発信機は、鋼灰色でほとんど目立たない。

これは最後の手段だ。なにもかもが失敗し、敵が圧倒的に優勢な場合に使うもの。筏を救う方法がなければ、破壊しなくてはならない。

それが掟だった。

先頭方向を見やる。ほのかに光る爆発の残骸や、熱で溶け、冷えてふたたびかたまった資源コンテナ。吹き飛ばされた尾部は、ストウメクセののこりの部分からますますはなれていく。亀裂はすでに二十メートル以上にわたっていた。亀裂の奥では、残骸が振動によりまた動きだしている。

残骸が筏の上を旋回し、壮大に見える円や大きならせんを描きながら、どんどんはなれていく。

アルマダ筏乗りはみずからにいいきかせた。ひょっとしたら、エンクリッチ・ファインが司令室に到達する前に追いつけるかもしれない。ひょっとしたら、ストウメクセを……あるいは、筏ののこりを……まだ救えるかもしれない。

だが結局、さえずるようなあきらめの声をあげ、コード発信機の中央部分を強く押しこんだ。同じ瞬間、通信インパルスが光速で司令室の保安コンピュータに到達する。

プログラミングがはじまった。

自己破壊プログラミングだ。これをとめられるのはクルドゥーンだけ。

もし、エンクリッチ・ファインが司令室に足を踏み入れようとしたら……

クルドゥーンは飛翔装置のスイッチを入れ、ジェット噴射で上昇した。回転する瓦礫をこえ、先頭部に向かって。

*

成功だ！ U字形のグーン・ブロックが目の前にあらわれたとき、エンクリッチ・ファインは思った。本当に成功したのだ！

興奮に震える手で、フェリーを下降させる。

ここ先頭部の資源コンテナに変化はない。爆発の衝撃は一キロメートルにわたる道のりで自然消滅し、たくさんの資源フックに吸収されたのだ。

ストウメクセの尾部三分の一を襲った破壊のシュプールは、ここではまったく見られない。

アンクボル・ヴールはどうなったのか？

ファインは歯を食いしばった。あのおろかな蛮人！　なぜ、いうことを聞かなかったのか？　疑う余地なく、クルドゥーンに殺されたにちがいない。

最後に修正したジェット噴射により、フェリーはグーン・ブロック表面に軟着陸した。司令室の鋼製半球は、二十メートルほど真空宇宙に突きだしている。

アンクボル・ヴールとクルドゥーンのことは、圧倒的勝利感によって忘れさった。救出はすぐ間近だ。

あと数分もすれば、アルマダ筏の通信装置の前に立ち、銀河系船団の秘密周波で救難信号を送れる。いずれかの船が迎えにくるだろう。

信号はとどかなければならない。

ダメニツェルとアンクボル・ヴールの死をむだにしてはならないのだ。

ファインは床を蹴って跳びあがり、浮遊しながら司令室に向かった。筏の弱い人工重力に引っ張られ、足がそっと床に触れる。

あたりを見まわした。

なにもない。だれもおらず、すべてはしずかだ。スクラップ山は遠くはなれ、この暗闇では見えない。眼下には、ひたすら資源コンテナがひろがる。

百あるいは二百メートル先で、資源コンテナは闇に溶けていた。

あんたの負けだ、クルドゥーン。エンクリッチ・ファインは辛辣に思った。あんたは囚われ息子を見くびりすぎたのだ。筏乗り、あんたに救助されたからといって、わたしが監禁に甘んじたわけではない。知性体を監禁するのはモラルに反するし、危険だ。

それがどう危険なのかは、いまわかっただろう、クルドゥーン。

テラナーは踵を返した。防護服のブーツ底のマグネットのおかげで、グーン・ブロックの金属に引きよせられながら、鋼の半球をぎこちなく踏みしめる。

入口はそこだ。

円形のエアロック・ハッチは閉まっていた。とはいえ、たとえ筏乗りが施錠していたとしても、テラナーをとめることはできない。

ファインは分子破壊銃を握りしめ、円形ハッチの前で立ちどまった。

ふたたび、あたりを見まわした。なにもない。

爆弾は目的を果たし、ヴールが筏乗りに、クルドゥーンを足どめしたのだ。ファインは自問した。ひょっとしたら、ヴールが筏乗りに勝ったのか？　いや、それはありそうもない。アルマダ筏乗りの防御バリアはあまりに強すぎて、分子破壊ビームで撃ちぬくのは不可能だ。

あの狂った蛮人！　ファインは思った。

視線が、ハッチのそばの制御盤にとまる。制御盤はかすかに赤く輝いている。

「なんて軽率な」ファインがつぶやいた。

ハッチは施錠されていない。どうやらアルマダ筏乗りは、反抗的な囚われ息子を制圧できると確信し、予防処置を施していなかったようだ。

おかげで、分子破壊銃で強行突破を試みるという手間のかかる作業を節約できる。

エンクリッチ・ファインは右腕をのばした。自問する。銀河系船団のどの艦船が応答するだろうか？　アルマダ筏を一隻、コンピュータに蓄積された貴重なデータもろともローダンに引きわたしたなら、どのような反応を見せるだろうか。不死者と向きあい、ふつうの人間が想像もつかないほど多くの出来ごとを目《ま》のあたりにしてきたその目を見つめるのは、どのような気分だろうか。

エンクリッチ・ファインの手が制御盤に触れた。

ハッチ上方にかくされたプロジェクターからエネルギー稲妻がはなたれ、明るく燃えるオーラでテラナーをつつむ。

まったく痛みを感じずに、ファインは死んだ。

グーン・ブロックから生じた振動に気づくこともなかった。振動は筏全体にひろがって……

しだいに強まっていった。

9

クルドゥーンは出発してからはじめて、ビスがないことに気がついた。

祖先の武器は、アンクボル・ヴールと衝突したさい、鉤爪からすべり落ちたにちがいない。ヴールの死に対する悼みとファインの犯罪行為に対する怒りで、ビスのことを考える余裕がなかったのだ。

古代の武器を失った衝撃は、思ったほどひどくはなかった。

あまりにも多くの出来ごとが、このところたてつづけに起きたせいだ。信じてきた世界が崩壊した。筏同様に。もはやなにひとつとして、以前と同じものはないだろう。

あきらめの境地で、背嚢の飛翔装置を制動噴射に切り替えた。速度は減少し、ようやく筏の速度に適応する。

ストウメクセは爆発した。

ヴァイブレーション・ビームを使い、資源フックの分子結合を解く。自由になった分子結合エネルギーが資源コンテナ内で爆発し、逆の運動インパルスをあたえた。

筏はばらばらになり、漂流する。

資源コンテナのセグメントは、無数のパーツに崩壊した。イリジウム、炭化水素、水銀、マグネシウム、金のコンテナがあらゆる方向に漂っていく。亜鉛コンテナがエメラルドの直方体ブロックと衝突した。

衝撃がもろい両者を粉砕する。破片が濃い雲を形成し、ゆっくりとひろがっていく。クルドゥーンはそうした衝突の犠牲にならないよう、防御フィールドのスイッチを入れておいた。黙ったまま、おのれの破壊作業を見つめる。

筏乗りは思った。いや、これはわたしでなくエンクリッチ・ファインの破壊作業だ。こうなったのは、かれのせいなのだから。

ひたすらあの男に、このカタストロフィに対する責任がある。

かれは死んだのか？　司令室に侵入しようとして命を落としたのか？

ファインは制御盤に触れたにちがいない。そこまではたしかだ。制御盤が感知したのがクルドゥーンの個体識別インパルスではなかったため、保安プログラミングが作動し、コンピュータが筏の自己破壊を引き起こした。

クルドゥーンは筋道立ててさらに考える。それでも、エンクリッチ・ファインのような男に〝ぜったい〟などない。ひょっとしたら、防御装置のエネルギー・ビームを逃れたかもしれない。ファインなら、すべてありうる。ファインのような輩は、これほど速く、これほどおとなしく死んだりしない。

あるいは、この沈黙は、囚われ息子の最後の策略か？　わたしを不安にさせ、ファインの死についてさらに考えさせるための。

クルドゥーンはさえずり声をあげた。

グーン・ブロックを探しだし、ファインの亡骸《なきがら》を見つけてはじめて真相がわかるだろう。もし、見つからなければ……

そのときは、わたしはおまえを探しだす、エンクリッチ・ファイン。そして、おまえを狩りたて、殺すのだ。

筏乗りの視覚センサーが震えた。落胆に襲われる。

ほかに方法はなかったのか？

無意味な考えだ。やるべきことをやったのだ。筏が異種族の手に落ちるようなことがあってはならない。たとえ自己破壊という犠牲をはらっても。そして、エンクリッチ・ファインに対するクルドゥーンの憎悪は、あらゆる配慮を上まわっていた。

司令室を守るだけでは充分ではない。筏も資源も守らなければならない。たったひとりで筏を守るには、逃げるか自己破壊のどちらかしか選択肢がのこされていなかった。

だが、逃げることはできなかった。

「さてと、筏乗り」クルドゥーンは声に出していってみた。「これからどうする？」

伝令使のしわがれ声が答えるのを待ちそうになる。だが、伝令使は死んだのだ。ダメニツェルもアンクボル・ヴールも……ひょっとしたら、エンクリッチ・ファインも。クルドゥーンは重荷のような孤独を感じた。それは資源コンテナと同じくらい重く、宇宙の暗闇と同じくらい心を締めつける。

この孤独から逃れるため、囚われ息子たちを筏に拉致《らち》したのだった。だが、アルマダ筏乗りに逃げ道はない。

ただ、気をまぎらわせるしかない。

任務にはげもう。孤独を忘れ、思考を働かせるために。思考が逸脱して虚無に消え、そのままもどってこなくならないように。

「ほら、筏乗り」クルドゥーンは苦々しいさえずり声をあげた。「任務が待っている。充分すぎるほどの任務が。おまえを助けてくれる者はここにはいない」

それから、先頭部のグーン・ブロックに向かった。そこでエンクリッチ・ファインの死をたしかめ、貯蔵庫から資源フックをとりだし、アルマダ筏を再構築するのだ。

周囲には、散乱した資源コンテナが音もなく旋回していた。

あとがきにかえて

林　啓子

よほど前世の行いが悪いのか、ここ数年、公私ともにさまざまな締切に追われ、年末年始返上の生活を送っている。会社が長いクリスマス休暇にはいるこの時期は、翻訳作業や演奏会準備に没頭できるよい機会なのだ。この第五六二巻の訳者校を終えたら「あとがきにかえて」を提出し、それから、二月末締切の翻訳を可能なかぎり進めておきたい。弦奏者と合わせるまえに、ピアノ三重奏も第三楽章まで仕上げておかないと。

「うちはいつも綺麗にしているから、大掃除なんてまったく必要ないんです」と、来世では言ってみたい……そう思いながら、毎年大晦日を迎えている。どんなに慌ただしい日々を過ごそうとも、すべて好きでやっていること。さまざまな機会に恵まれたことへの感謝の気持ちを忘れずに、ひとつひとつを着実に丁寧に進めていこう。

二〇一八年一月三日。訳者校の締切を翌日に控えた夜、映画『君の名は。』が地上波初放映された。テレビにうつつを抜かしている場合ではないのだが、どうしても見ておきたい。二〇一六年八月の公開以来、観客動員数は千九百万人。三十五の国と地域で公開され、ハリウッドで実写映画化も決定。「この夏、日本中が恋をする」と、謳われた空前の話題作だが、すっかり観る機会を失ったままでいた。

物語は、同い年の東京の男子高生と田舎暮らしの女子高生が〝夢の中で入れ替わる〟という設定ではじまる。ありきたりの話と思いきや、テンポのいいストーリー展開と美しい情景描写、テーマの壮大なスケール、ドラマティックな音楽に心揺さぶられ、まるっきり住む世界の違う高校生ふたりの隔たりと〝結び〟のドラマに惹きこまれていく。「時間軸がずれ、三年前の相手と入れ替わっていた」と、いうパラレル・ワールドは実際、かなり無理のある話。つっこみどころ満載のはずが「夢から目覚めると、入れ替わっていたときの記憶は〝ほぼ〟消えてしまう」と、いう絶妙な設定とよく練られた構想に妙に感心させられる。とりあえず録画してあとでゆっくり見るつもりが、いつのまにか気鋭のアニメーション映画監督の新海誠ワールドにすっかり魅了され、真剣に最後まで見入ってしまった。

この巻の後篇一一二四話の作家であるトーマス・ツィーグラー（Thomas Ziegler）は、ローダン・シリーズ初登板となる。一九五六年十二月十八日、ユルツェン近郊生まれ。

ドイツ北部に位置する町だ。本名はライナー・フリードヘルム・ツバイルという。ツィーグラーはペンネームのひとつらしい。

一九六八年、十二歳にしてすでに故郷ヴッパータール・バルメンにてペリー・ローダン・クラブを設立。熱心な読者として、多くの投稿を残す。

一九八二年から八五年にかけて、ローダン・シリーズの作家チームにくわわる。一一二四話から一二五〇話までのうち本篇のヘフト十三篇と、ポケットブックス三冊を執筆。また、ウィリアム・フォルツ亡きあと、エルンスト・ヴルチェクとともにプロット作家として、クロノフォシル・サイクルの一二一一話から一二九九話を担当。作風は奇抜なユーモアに富む。その後、十九年のブランクを経て作家チームに復帰し、二〇〇四年に二二三五話を執筆。同年、二二五六話を最後に四十七歳の若さで逝去。生前、スター・ウォーズの小説版翻訳も手がけたようだ。

ここまで調べ、ふと気づく。この巻のドイツ語原作は、一九八三年に書かれたもの。実に三十五年も前の作品なのだ。幼いころからローダン・シリーズの大ファンで念願の作家チームにくわわったツィーグラーは、当時どのような思いでこの物語を世に送りだしたのだろう。

いまは亡き三十五年前の作家と、時を隔てた〝結び〟が生まれたような気がして、いま一度、ローダンの世界に思いを馳せた。

訳者略歴　獨協大学外国語学部ドイツ語学科卒，外資系メーカー勤務，通訳・翻訳家　訳書『異変の《ソル》』ヴィンター＆マール（早川書房刊），『えほんはしずかによむもの』ゲンメル他多数

HM=Hayakawa Mystery
SF=Science Fiction
JA=Japanese Author
NV=Novel
NF=Nonfiction
FT=Fantasy

宇宙英雄ローダン・シリーズ〈562〉

シンクロニト育成所《いくせいじょ》

〈SF2166〉

二〇一八年二月　十　日　印刷
二〇一八年二月十五日　発行

（定価はカバーに表示してあります）

著者　エルンスト・ヴルチェク
　　　トーマス・ツィーグラー
訳者　林《はやし》　啓《けい》　子《こ》
発行者　早　川　　浩
発行所　株式会社　早川書房

郵便番号　一〇一 - 〇〇四六
東京都千代田区神田多町二ノ二
電話　〇三 - 三二五二 - 三一一一（大代表）
振替　〇〇一六〇 - 三 - 四七七九九
http://www.hayakawa-online.co.jp

乱丁・落丁本は小社制作部宛お送り下さい。
送料小社負担にてお取りかえいたします。

印刷・信毎書籍印刷株式会社　製本・株式会社川島製本所
Printed and bound in Japan
ISBN978-4-15-012166-2 C0197